DARIA BUNKO

恋は秘めたる情慾に -旧制高校モラトリアム-

高月紅葉

ILLUSTRATION 北沢きょう

ILLUSTRATION
北沢きょう

CONTENTS

恋は秘めたる情慾に -旧制高校モラトリアム-

【1】

峻険《しゅんけん》な山々の峰を借景として広がる学び舎の入り口に、堂々たるたたずまいの正門が建つ。赤煉瓦《あかれんが》を積み上げた柱には『松川《まつかわ》高等学校』の名が掲げられ、放課後を迎えた学生たちが賑やかしく行き来する。

正門からはヒマラヤ杉の並木が続き、円錐形をした木々は天を目指して伸びていた。左右に瓦《かわら》葺《ぶ》き木造二階建て洋風建築の校舎が位置し、薄水色に塗られた壁は鈍くすすけて見える。並木道の突き当たりには大きな欅《けやき》が群生しており、向こう側に四棟からなる穂高《ほだか》寮が並ぶ。そこから校舎の中庭へ続く砂利道が延びていた。

教室を出遅れた学生が走り抜け、寮の入り口へ飛び込む。別の学生が三々五々と出てきて、図書室へ向かう者と街へ繰り出す者に分かれた。

軽やかな挨拶《あいさつ》が緑豊かな学都の碧落《へきらく》に響き、秋風が吹き抜けていく。実に爽《さわ》やかな昼下がりだ。陽差しは穏やかに降り注ぎ、敷地のあちらこちらで車座になって談笑する学生たちを和ませている。

白石行彦《しらいしゆきひこ》は、桜の木が大きく枝を伸ばす中庭の、まだらに枯れ始めた芝の一角を陣取っていた。

手にしているのは、黒い布地と針だ。指さばきは器用そのもので、迷いなく動いて布地を繕《つくろ》う。夜では灯《あか》りが心許ない縫いものは、日向《ひなた》がはかどった。

「また、音をはずしたな」

行彦の隣で寝転ぶ牧野光太郎《まきのこうたろう》が笑う。手枕をしながら、もう片方の手でかざすように本を持っている。

絣《かすり》の着物に袴《はかま》を穿《は》いた行彦は、遠くから聞こえてくる地響きのようなものに耳を傾けた。歌というよりは、がなり声に近い。針の運びを止めて笑ったのと同時に、光太郎と目が合った。小さな火花が弾けたような心地がして、行彦は神妙な顔つきになる。

「なぁ、行彦。聞こえるだろう」

開いた本を胸へ休ませて笑う光太郎は、詰め襟《えり》の黒がよく似合っていた。

本人の髪の色も墨色で、きりりとした眉《まゆ》の下には黒く艶《つや》めいた双眸《そうぼう》がある。何につけても聡明な男だ。武家から商家に転じて成功した血統の良さが、隠しようもなく滲《にじ》み出ている。それでいて他人から疎まれることがないのは、彼が鷹揚《おうよう》として屈託なく、人を出し抜こうとする競争心に乏《とぼ》しいからだ。本当はどうであれ、そう思わせる高潔《こうけつ》な清廉《せいれん》さが持ち味だった。

行彦は耳を澄ます仕草をしたままで、眩《まぶ》しいほどの凛々《りり》しさから宙へと視線を移す。まっすぐに見つめてくる光太郎の瞳は黒々と濡れて美しく、あまり長くは見つめていられない。

胸の奥に軋《きし》むような疼《うず》きを覚え、自分の指を針で刺しそうになった行彦は冷や汗をかいた。刺さずに済んだのは、もう一人の仲間が声を発したからだ。

「東尾《ひがしお》さんの声だな」

離れて座っている緒方志郎《おがたしろう》も、気障《きざ》な仕草で耳を澄ます。行彦は肩をすくめ、取り繕うように笑いながら言った。

「あれが、あの人の流儀だ。調子はずれなところに味が……」

あると断言することは憚《はばか》られた。あまりに豪快すぎて、是も非もない。

行彦は言葉を飲み込み、最後の数針を仕上げた。糸を留めて、手元の小箱を開く。針を片付けたところで、糸切り鋏《いときばさみ》を入れ忘れたことに気がついた。

「貸して、ごらんよ」

光太郎の声と共に手が伸びて、黒い布地が引っ張られる。ひょろりと余った糸を、歯で切ろうとしていた行彦はとっさに強く引き戻した。すると、起き上がった光太郎も寄ってくる。

「あっ……」

逞《たくま》しい肩をぶつけられ、行彦は身を引いた。隙《すき》を突いた光太郎が黒い糸をすかさず見つけて顔を伏せる。勢いに髪が揺れ、行彦の鼻先をくすぐった。

一瞬、白い肌が上気する。気難しいことで有名な教授に『北アルプスの初冠雪を思わせる』と言わせた行彦の肌は、透き通るような白さだ。陽に透けて茶色に見える髪と鳶色《とびいろ》の瞳と、繊細に整った顔立ちが白い肌に相まって、中性的な印象を漂わせている。

容姿が完成されて見えるのは、その通りで、入学当時の行彦の年齢は数え年で二十一だった。

通常学歴ならば十八歳あたりでの入学がほとんどの中、二十一歳の新入生は珍しい。

しかし、行彦は受験浪人をしていたわけではなかった。

松川高等学校へ入学する以前には、東京《とうきょう》にある伝統のナンバースクール『第一高等学校』に、高倍率を撥《は》ねのけて受かっていたのだ。今頃は一高を卒業して帝国大学へ進んでいるはずの秀才だが、実家の稼業が傾いたことで、次男だった行彦の進学は取りやめとなった。本家である牧野家へ奉公に出された数年後、嫡子《ちゃくし》の光太郎に付き添って入学する機会が舞い込み、ここにいる。

「はい、できた」

歯で切った糸を見せながら芝に座り直した光太郎が、満面の笑みを浮べる。

片方だけ跳ね上がる精悍《せいかん》な眉を見ないふりで、行彦は顔を背けた。止めていた息をゆるやかに吐き出す。それが、あきれたようなため息に聞こえることはわかっていたが、ふいに感じた光太郎の匂《にお》いに動揺したとも言えない。いっそあきれたふりを続け、尖《とが》った声で訴えた。

「私の仕事を取らないでください」

「些細《ささい》なことじゃないか」

なおも笑った光太郎が見つめてくる。そのまま、手が伸びて、顎先《あごさき》を引き寄せられるのではないかと行彦は身構えた。緒方もいる、他の学生もあちらこちらに散らばっている、こんな中庭ではありえない行為だ。そうと理解していても、行彦の妄想は小さく芽吹いてしまう。

「いくら洗ってもきれいにならない『骨董品《こっとうひん》』だ。おまえが顔を近づけることはないだろう」

「……あなたが顔を近づける必要もありませんよ」

声を尖らせて答えながら、針や糸を入れている小さな木箱のふたを閉める。着物の胸元へ押し込んだ。

次に、繕い終えたばかりの黒布を広げて検分する。汚れて褪色《たいしょく》したボロ布だが、形は学生服だ。卒業生から在校生に受け継がれてきた伝統の一着で、あちこち破けて糸がほつれていても不用意に修復してはならなかった。

義務教育とされている初等教育を終えて中等学校へ進む男子は約一割、多くても二割だ。さらに高等学校進学となると、学力的にも経済的にも限られる。富裕層の多い関東の私立学校とは違い、地方の官立学校には、志《こころざし》と野心を抱えた男子が多く集まった。自然と西洋かぶれの『ハイカラ』を形ばかりの教養と揶揄《やゆ》し、蛮行《ばんこう》の無為《むい》にこそモラトリアムの価値を求める『バンカラ』の気風が育つ。

弊衣破帽《へいいはぼう》の野蛮さを良しとする文化は、官立高等学校に通う青年たちの信条だ。

「やはり白石は器用だな。うまく仕上げすぎているぐらいだ」

緒方が布地の向こう側から褒めてくると、行彦の隣に座った光太郎が晴れやかに答えた。

「絶妙のさじ加減だろう。……こんなもの、行彦が直す必要もないよな。適当に縫うぐらいでいいいと思わないか」

「光太郎さん、それぐらいにしてください」

行彦が笑ってたしなめると、片方だけ立てた膝《ひざ》に腕を放り出した光太郎は拗《す》ねたような仕草で小首を傾《かし》げた。その肩をぽんと叩《たた》き、ついでに埃《ほこり》を払う。

光太郎の学生服は去年の入学時に仕立てられた新品だ。同じく新品を着ている緒方より、生地が厚く仕立てもいい。バンカラ一派が忌《い》み嫌うハイカラな装いそのものだ。

しかし、攻撃の的《まと》にされたのは、入学当初の短い期間だけのことだった。

すでに体格が出来上がっていた光太郎は、少年雑誌の挿絵《さしえ》から抜けてきたかのような桁違いの迫力を持ち、『揶揄も陰口も卑怯者《ひきょうもの》のすることだ』と喧嘩を買いに出かけたのだ。

温室育ちの正義感を思い出し、行彦はひっそりと笑いながら肩を揺する。

「俺が拗ねると嬉しいんだろう、行彦。……意地悪い男だな」

立てた膝に頬杖《ほおづえ》をついた光太郎が、飽かずに行彦を見ている。いまさら視線に気づいた行彦は、どぎまぎと視線を揺らしながら、顎を逸《そ》らした。

「拗ねたあなたを見て笑っているわけではありません」

「じゃあ、何が楽しいんだ。一人で笑うなよ」

光太郎に腕をつつかれ、行彦はくすぐったさで笑いながら身をよじらせる。

どんなに見張っていても果敢に喧嘩を繰り返した光太郎は『若さま』とあだ名され、学校内で知らぬ者がいないほどの人気者になった。それに伴い、付き添い入学の主従関係に対する非難もやんだ。

光太郎が戦ったのは学生服のためだけではない。彼の正義感は、自由や平等を侵害する事柄に対して猛烈に燃え上がる。

「なぁ、行彦。笑ってないで教えろ」

「嫌です。言いません」

「俺のことだろう。どうでもいいような失敗を思い出して笑ってる顔だ」

近づこうとする光太郎を押し戻し、行彦は学生服を手早くたたんだ。

「まさか、そんな……。勝手なことを言わないでください。人が悪いですよ」

「俺の目を見て言えるなら、信じてもいい。見てごらんよ」

「それなら信じていただかなくて、かまいません」

あぐらをかいた片膝に乗せて中庭を見渡した。もうすぐ、依頼者が到着する頃だ。放歌高吟《ほうかこうぎん》の声は少しずつ近づき、やがて白いシャツを着た東尾と、その友人たちの姿が見えた。

「やぁやぁ、きみたち。良い陽気だな！」

遠くからでも、大きな声はよく通る。

友人たちを桜の木のそばに残し、東尾は一人で歩いてきた。

行彦たちよりも一学年上の最上級生で、寮総代を務める男だ。遠目に見ても背が高く、立ち上がった熊《くま》のように威圧的な体格をしている。しかも、もみあげと一体になって生えた髭《ひげ》が、頬から鼻の下、顎先までを覆っていた。

三人が立とうとすると、両手を差し伸ばして上下に動かした。座っていろと仕草で示し、行彦の前にどさりと音をさせて座り込む。

光太郎が立て膝をやめて、あぐらを組む。行彦はたたんだばかりの学生服を広げ直した。

「指示をいただいた場所だけを繕っておきました。あまりきれいにならないようにしておきましたが、どうでしょう。あと、この部分は布が弱っていたので、裏当てを……」

「おぉ、これはいいな。礼金を上乗せさせてくれ！」

顔は髭に覆われているが、目元の表情で喜んでいることがわかる。

「いえ、お約束通りで結構です」

「相変わらずだ。欲がない」

行彦に向かって笑った東尾の視線が、光太郎へと流れていく。緒方がいないことに行彦は気づいた。小脇に置いていた学生服もなくなっている。あたりを見回そうとしたが、肩をすくめた光太郎が視界に入り、気を削《そ》がれた。

「俺は、欲深くありませんよ。先輩であることをかさに着て、繕いものを押しつけるようなやつらこそ、現金な連中じゃないですか」

光太郎はやわらかく微笑《ほほえ》み、東尾に対して、さらりと言い返す。

それは去年の話だ。新入生だった行彦の特技が繕いものだと知るやいなや、生徒たちは学年に関係なく列を成し、その場にとどまった。彼らの真の目的が、端麗《たんれい》な新入生を眺め回すことにあったからだ。

「俺まで、そんな現金なやつらと一緒にしてくれるな」

光太郎に言い返された東尾の目元が苦々しく歪《ゆが》む。それを見て、光太郎はまた笑った。

「しませんよ。『なんでも屋』への依頼はギブアンドテイクのビジネスだ」

その言葉に行彦がうなずくと、東尾はどこかホッとしたように目尻を下げる。

ただ働きのボタン付けに忙殺される行彦に同情した光太郎は、一ヶ月もしないうちに『なんでも屋』をやると言い出した。もちろん行彦は反対したが、同級生の緒方が仲間に加わり、いつのまにやら雑事の依頼を引き受け始めたのだ。

光太郎と緒方は同級生に対するノートの貸し出しや試験のヤマ張りから始め、恋の橋渡しや喧嘩の代行、人生相談までも請け負う。行彦は繕いものの他に、手紙の代筆も受けた。親への生活報告から金の無心、故郷の少女やカフェーの女給に対する恋文まで、内容はさまざまだ。

小銭が手に入るようになると、行彦も活動に反対できなくなった。牧野家から支給される生活費を使い切らずに済む。その上、小遣いを貯めて弟たちへ贈り物をすることもできた。

それが何よりもありがたいと、光太郎に礼を言ったこともある。

はにかむような照れ笑いを浮かべた光太郎は、黙り込んで窓の外を見ていた。まっすぐな眼差しと凛々しい眉が、ときどきくすぐったげに動き、見つめる行彦の胸には温かいものが溢《あふ》れていく。憧れの学生生活。そして、育まれる友情。付き添い進学では叶わないと思ったものを、光太郎はさりげなく並べてくれる。

その一方で、責務をまっとうしようと口うるさく振る舞う行彦を、光太郎はおおらかな態度で受け止めていた。真面目すぎるとからかいながらも、友情関係と主従関係の均衡《きんこう》を保つことで、行彦の存在意義を否定せずに過ごしているのだ。

「白石の労働力は安くありませんよ。その縫い目を見ればわかるでしょう。だから依頼の礼金だって、そっくりそのまま彼のものです。上前を撥ねたりしていませんから、俺を守銭奴《しゅせんど》のように言わないでください」

光太郎が冗談めかして笑うと、東尾は大きな仕草でうなずく。

「さすが、東京の『若さま』は太っ腹だな。巻き上げなくても悠々自適《ゆうゆうじてき》か」

「俺は俺で依頼をこなしてます。ですが、どこも太っ腹じゃない。この通り」

光太郎が答えると、東尾はついっと目を細めた。

「それにしちゃ、高い店に通っているんだろう」

「野暮《やぼ》なことを聞くのは、よしてくださいよ」

やわらかな口調から陽気さが抜けていく。

そばで聞く行彦は、胃の奥がぎゅっと痛むのを感じた。寒くもないのに、手の指が冷えていく。この件は、行彦にとって悩みの種だ。

「相手がだれとまでは聞かないさ。ただ、白石を誘ってやらないのは、どういう了見なのかと気になっただけだ」

　東尾がにやにやと笑いだし、行彦は間髪入れずに言い返した。

「気にしないでください。そんなこと……」

　迷惑だと顔を歪め、その一方で光太郎を睨《にら》んだ。

「光太郎さん。あなたのせいで、こんなことを言われてしまうんです。いくら、自分で稼いだ小銭だといっても、噂《うわさ》になるほど遊び歩かれては困ります。……困るんですよ、光太郎さん」

　わざと言い直して見据える。学生同士の喧嘩をしなくなった代わりに、なんでも屋の依頼料で盛り場へ通うようになった光太郎は、居心地悪そうに肩をすくめた。遊びの相棒は緒方だ。

「わかっている。けれど、単に遊んでいるわけじゃないよ。社会というものの縮図を見学しているだけだ。何のやましいことが……」

「白粉《おしろい》の匂いをさせて夜半に戻ることは、じゅうぶんにやましいと思います。そのうち、『若さま』ではなく『放蕩旦那《ほうとうだんな》』と呼ばれるようになるのではないですか」

「お、それはうまく言ったな。白石」

　東尾はまだにやにやと笑っている。行彦は少しも褒められている気分にならず、光太郎をじっと見つめた。

　姿だけを見れば、悪所《あくしょ》へ通うようには見えない男だ。高潔さが凜々しく匂い立ち、逞しい首や肩からも文武の気配しか感じさせない。しかし、盆のくぼに手を当てながら眉をひそめる仕草は大人びていた。迷惑そうな視線をちらっと東尾へ向け、もう一度、行彦を見る。

「おまえが言うと、みんなが図に乗るんだ。……おまえ次第だよ」

「何の話ですか。あなたはいつも、話を混ぜ返して」

「誘っても、来ないだろう?」

「行きません」

行彦は強い口調で言い返して、くちびるを閉ざした。もう何度も断った話だ。それ以上に繰り返し諌《いさ》めてきた。

しかし、盛り場へ出ることが社会勉強になり、モラトリアムの有意義な活用となることは事実だ。単なる逃げ口上ではない。

結果に直結するロジカルな思考から離れ、夢想に近い思索を繰り返す。そんな時間は、何ごとにも代えがたい贅沢《ぜいたく》な学びだ。一度、社会へ出た行彦には、つくづくと理解ができる。

女を知ることも、そのひとつだと目をつぶったが、度が過ぎて人の噂になっては、光太郎の従者として選んでくれた牧野の祖父に申し訳が立たない。それに、いまの光太郎には慎まねばならない、確固たる理由がある。

道を踏み外さないように導く立場の行彦は、息を殺すようにして光太郎を見つめた。

睨んでいるはずが、自分でもわかるほど力が失われていく。やがて哀願の色が出てしまうようで、視線を逸らした。弱い気持ちを、光太郎に悟られるのも、東尾に見抜かれるのも我慢がならない。

軽いため息でその場を繕ったとき、薄水色に塗られた校舎の窓から声が掛かった。呼ばれた光太郎が腰を浮かす。

「あぁ、失礼。呼ばれているようなので」

東尾に断りを入れ、行彦の肩をぽんと叩いて離れていく。

光太郎がいなくなってから、行彦は校舎へ目を向けた。手の感触がいつまでも肩に残り、動揺混じりのけだるさが行彦を苛《さいな》む。

感情は複雑だ。主従の関係を守りながら、弟のように手がかかると思い、一方では陽気で闊《かっ》達《たっ》な性格に憧れ、恵まれた環境を羨《うらや》んでもいる。

しかし、行彦の感じるけだるさは、光太郎が謳歌《おうか》する自由を妬《ねた》むからでも、手に入らなかった過去を悔やむからでもなかった。悪所へ誘われることに傷つく自分を知っているからだ。

一緒に出かけて、それぞれが女を抱く。そのときにさえ、倒錯的な感情に浸る自分が想像できて痛ましい。ただそばにいるだけならば淡い感情の惑いで済むことが、女絡みとなれば、途端に色めいた欲望に変わってしまう。それが嫌なのだ。

「本音と建前の板挟みだな、白石よ」

東尾の言葉に、行彦はぎくりと背筋を震わせた。しかし、前髪を耳にかけながら、すぐに表情を整える。憂《うれ》いを帯びた端麗な顔立ちが引き締まる。

いつもと微塵《みじん》も変わらぬ豪快さで笑っていた東尾が声をひそめた。

「若さまの前で都合が悪いなら、俺が羽目をはずす手伝いをしてやろうか」

「そんな醜態《しゅうたい》は見せられません。これでも東尾さんより年上です。ご遠慮申し上げます。それに……、女なら、もう知っています。玄人《くろうと》も素人《しろうと》も」

そういうことだろうと思い、できるだけそっけなく言った。奉公先だった牧野の家で、使用人の先輩に誘われて遊里《ゆうり》へ行った一度と、小使として出入りした先の後家にどうしてもと頼み込まれた一度だ。どちらも悪い思い出ではない。むしろ、それきりと割り切った情交の、淡いもの悲しさが尾を引くように記憶されている。

「意外だな。……牧野は、知っているんだな」

「隠すつもりはありませんから。負けん気を出して緒方にそそのかされたのだろうと思います。もう、私の経験数などは超えたでしょうに。……あっ！」

困った人だと言いかけて、行彦は思わず叫んだ。腰を浮かし、口惜《くちお》しく顔を歪める。

「まただ。やられた……っ」

「あぁ、牧野か。あれは、緒方が人に呼ばせたんだろう」

校舎から聞こえた声の主は緒方ではなかった。だから、行彦も気を許してしまったのだ。

「どうせ、行き先は縄手《なわて》だ。まだ追いつく。いっそ連れ戻してやったらどうだ。」

松川は城下町だ。城を目指して、ぶらぶらと歩いた先に町一番の盛り場がある。縄手通りが正式な名称だが、松川高等学校の生徒、いわゆる松高生たちは『縄手』と呼んでいた。

「そこまではしたくありません」

光太郎の行動を監督することが行彦に与えられた仕事だが、野暮が過ぎるとは思われたくない。だからこそ、本音と建前の板挟みなのだ。

「彼自身に自制心を持って欲しいだけです」

「自制心か。……そんなものは、傷心して身につけるものだ」

東尾は遠くを見る目になって顔を横向けた。暗い表情はまたたきの間のことで、振り向いたときにはいつもの豪快な顔つきで眉を跳ね上げる。

「傷つくのをかわいそうに思うのは、過保護の最たるものかも知れないな。白石だって、本心では若さまを大事に思っているんだろう。けれどな、人間というものは、結局のところ、他人を想うことで孤独を靭《つよ》くしていくんだ」

会話の途中で、東尾を呼ぶ友人たちの声が飛んでくる。大きな声で応えた東尾は、学生服に袖《そで》を通し、立ち上がろうと片膝をついた。

「これから、俺たちも縄手行きだ。単なるカフェーだよ。来るか」

「いえ、今日は内職をこなすつもりでいたので、時間がありません」

「なんでも屋の仕事か。そういえば、田宮《たみや》がずいぶん喜んでいた。また頼みたいという話だ」

当の本人は、東尾を呼ぶ友人たちの中にいる。

「手紙の件ですね。お役に立てたのなら良かったです。でも、次はご自分で書かれたほうがいいでしょう。相談には乗りますとお伝えください」

浮かない顔をしていることを自覚した行彦は、心がけて、うっすらと笑みを浮かべる。

「その笑顔に弱いんだよなぁ」

長い顎髭を蓄えた東尾が困ったように眉根を歪めた。

「牧野を見つけたら、雷を落としておいてやる」

「そうしてください」

行彦は真剣な面持ちでうなずいたが、光太郎に効果がないことは熟知している。東尾も重々承知しているはずだ。

一人になった行彦は静かに立ち上がり、袴にまとわりついた芝を払った。

校舎から呼ばれて立ち上がったとき、光太郎の雰囲気が暗かったことを思い出す。声こそ爽やかだったが、肩に触れた指は意味ありげで、出かけることを楽しみにするどころか、引き止めて欲しそうにも感じられた。

行彦は重たいため息をつき、やわらかな髪を掻き上げる。

いましがた、東尾の口にした言葉が脳裏をよぎった。

『人間というものは、結局のところ、他人を想うことで孤独を靭くしていく』

哲学的だが、行彦の胸には沁み入る。

愛情についての問題だ。それは自我へと帰結する。だれにも依らず、独りで立つためには、自己を強靱《きょうじん》にしていかなければならない。だから、人を愛することも、自己を高めるための、ひとつの試練だ。

理屈は理解できるが、体現は難しい。だからこそ光太郎へ傾く心を自制しきれないのだと、行彦は苦々しく己を省みる。

勝手に期待して、勝手に裏切られたような気になって、少し見つめられただけで大きな感情が二人の間にあるような気分になる。それが友情を煮詰めた愛情であって欲しいと願いながら、あてもない欲望に溺《おぼ》れてしまう。

虚《むな》しい堂々巡りだったが、寮へ戻った光太郎に会えば、二人の時間がいつも通りであれば、行彦はまたすぐに日常の暮らしを取り戻す。それ以上を求めることは身の丈を越えた望みだ。

しかし、悪所通いは止めなければならなかった。光太郎はこの夏、婚約したのだ。よくよく言い含めておくようにと、牧野の祖父から直々に頼まれていた。


信州《しんしゅう》・松川の町からは北アルプスの尾根が見渡せる。

季節が深まるにつれ、空気はいっそう硬質となり、険峻な威容の山々も秋色に染まり始めていた。その頂きも初冠雪を待つばかりだ。

北アルプスの穂高岳から名を取った穂高寮へ視線を戻し、夕暮れの散歩で思いを巡らせていた行彦は小さく息を吸い込んだ。

いつもながらのあきらめが心に兆《きざ》し、長めに伸ばした前髪を片手で掻き上げる。短く仕立てた木綿の袖が下がると、露《あら》わになった肘先《ひじさき》も色が白い。行彦は体毛も薄く、男としては異端なほど肌質がやわらかだ。

腕の内側や膝下の裏だけなら女のようだと同級生たちは口を揃《そろ》え、中には触らせて欲しいと懇願《こんがん》する者もいた。もちろん、冷たい一瞥《いちべつ》を投げるだけで終わりだ。

女の代わりにされることは馬鹿馬鹿しく、男同士の友愛だと口説かれることも性に合わない。行彦に女を教えた使用人仲間の男も、次は同性を試してみるべきだと熱心だった。それが男色《だんしょく》家《か》のやり口だと教えてきたのは、同じく使用人仲間だった女で、こちらにも誘われて辟易《へきえき》した。

だれかれかまわず寝たいと思うほどの性的好奇心が行彦にはない。

潔癖《けっぺき》がすぎる自覚はあった。遊里通いを続ける緒方と光太郎に対しても、不当な蔑《さげす》みがありはしないかと悩んだが、女を金で買うことが悪いのではない。

彼女たちが職業の一種として生業を前向きに捉えているのならば、一定の理解は示すべきだ。与えられる肉体に対し、対価を支払うのは当然だろう。

頭ではそう考えている。自分が童貞を渡した女に対しても、同じように感じた。

しかし、光太郎がするとなると胸が塞《ふさ》ぎ、同時に憤りが湧《わ》き起こる。まずは光太郎へ怒り、次に己を苛みたくなった。不当な言いがかりだと自覚している。

「何だ、またずいぶんと難しい顔をして」

寮舎の下足室へ入ると、緒方がいた。あたりに光太郎の姿はない。

「後ろを歩いていたから、もうすぐだ」

尋ねる前から教えられ、行彦は踵《きびす》を返した。寮舎の前に群生する欅のそばで足を止める。

下駄をつっかけて追ってきた緒方が木の幹にもたれた。シャツのボタンを上まで留めず、肩に学生服をかけている。

「一緒に出かけたんだろう?」

だらしない姿を咎めるように睨むと、伊達男《だておとこ》で鳴らしている緒方はシャツのボタンを留めながら答えた。

「行きは一緒だった。帰りは偶然だ」

わざわざ足を止めて待つほどの距離でもなかったのだろう。

「僕が悪所へ誘ったと思ってるんだろうな。白石。顔が怒ってるよ」

頬を押そうと伸びてくる緒方の指から逃げ、行彦は背筋を伸ばして顎を逸らした。二人の前を、ほろり、ほろりと学生たちが過ぎていく。数人で騒いでいる者もいれば、秘密を隠すように足早な者もいる。

陽は斜めに射していたが、まだ日暮れには遠い。風も心地よいばかりだ。

「光太郎さんは婚約したばかりだ。遊びが過ぎるのではないかと、牧野のお祖父さまが心配されている」

夏休暇、つまり学年末休みの帰省の間に、光太郎は婚約者候補の少女に引き合わされていた。正式な見合いではないが、よほどの理由がない限り、話がまとまるだろう。

「お祖父さまの心配は、牧野からも話ぐらい聞いているよ。婚約者でもいればおとなしくなるって話だろう？　黙っていれば済むところを、きみが律儀に報告しているからじゃないのか」

肩をすくめた緒方は、洋ズボンのポケットから煙草《タバコ》を取り出した。

まるで年下に見えない男だ。豪商の次男坊で、実家は甲府《こうふ》にある。一年浪人しての入学だが、出会ったときから遊び慣れていた。

「手当たり次第に報告しているわけじゃない」

苛《いら》立《だ》った行彦は、緒方の口から煙草をもぎり取り、彼の洋ズボンのポケットへ無理に押し込んで返す。

「じゃあ、報告が頻繁すぎるのかも。きみが迷惑をしていると、そちらを心配されているようにも思うけどな」

「私が迷惑していることなんて、何もない。牧野のお祖父さまからは報告の手紙を書くように頼まれているし、内容には、これでも気をつかっている」

光太郎の両親が見ることも考え、やましいことは伝えていない。

勉強の進みや、なんでも屋に持ち込まれた依頼の一部を伝え、それから、日々のちょっとした変化について書いているだけだ。

愛孫《あいそん》が遊び歩いていると案じているのは、自身にも覚えがあるからだと聞いていた。祖父の宗之《むねゆき》と光太郎は、両親も認めるほどに性質が似ている。

「実際、牧野は品行方正だ」

緒方が言った。

「きみは悪所通いだと言うが、頻繁ではないし居続けもしないだろう」

「それは、緒方の認識が偏《かたよ》っているんだよ。ここで、遊里へ出入りする生徒がいくらほどいると思う？　ほんのひと握りだ。なのに、光太郎さんには馴染みがいるというじゃないか」

光太郎本人からも聞いた話だ。

「一度上がれば、同じ女を選ぶものなんだよ。よほどのことがない限り」

「知らないよ、そんなこと」

「……世間知らず」

ふっと笑われて、行彦は苛立った。

「だれが」

　不満を露わにして言い返すと、緒方は肩をすくめてそっぽを向く。ポケットを探り、行彦が押し込んだせいでふたつに折れた巻き煙草を取り出した。ゆっくりと指でしごく。

「何を心配しているんだろうね。人はね……、白石、さまざまな理由があって肌を合わせる。きみはあまりに劣情と決めつけすぎているよ。同じ男だ。衝動ぐらい理解できるだろう。何が嫌で、女を禁止するんだ」

「私が嫌がっているみたいに言わないでくれ」

「違うのか？　僕がだれを抱いても、目くじら立てて怒ったりしないだろう」

　指先で煙草をもてあそぶ緒方は視線を伏せたままだ。言わんとしていることの意味がわからず、行彦は戸惑いながら答えた。

「それは当然だ。私だって、他人の自由を侵害したりはしない」

「牧野は、他人じゃない、ってことか……」

　緒方は妙にゆっくりとした口調で言った。

　光太郎の属する『牧野家』と行彦の属する『白石家』は、本家と分家の関係だが、血の繋《つな》がりは薄い。遠縁の端と端のような間柄だ。

　行彦の父が病に倒れ、兄が事業を手伝うもうまくいかず、高校進学を断念した行彦は牧野の家へ奉公に出された。拒否する権利などあるはずもない。行彦の下にはまだ二人の弟がおり、実質は借金のカタであり、口減らしの一種でもあった。

使用人として懸命に働く中で、光太郎の祖父に目をかけてもらったのも偶然のことだ。いつしか専属の小使《こづかい》となり、あれこれと用事を言いつけられているうちに本の朗読なども頼まれるようになった。そのおかげで、光太郎に付き添って入試を受けるだけの学力を持ち続け、みごと合格することができたのだ。

入寮前の光太郎は、他人のふりをしてもいいと行彦に繰り返した。二人の関係は前時代的な主従関係であり、自治と自由を謳《うた》う高等学校の気風にそぐわないと知っていたからだろう。既成の価値観を疑い、学問に答えを求めようとする光太郎の性分は、維新《いしん》後に武士の身分を返上し、新しい商いを軌道へ乗せた先々代譲りだと、祖父の宗之は笑っていた。

彼もまた、その先々代に似ているのだ。

頼まれた朗読も、世俗的な読み物ではなく先進的な思想を扱った書物で、読み終えれば光太郎へもこっそりと横流しされていた。中学生が理解できるとは思えなかったが、祖父と孫はまるで対等に感想を言い合い、行彦は驚かされるのと同時に複雑な劣等感をいだいた。

その感情は、自由と平等を体現しようとする光太郎を目の当たりにするたび、強烈に湧き上がる。

「白石は、牧野の実家への恩があると言うだろう？　それは知っているし、理解している。彼の自由を奪うことが仕事だってことも、わかってるよ。……きみにとって、牧野は監視対象だ。

まぁ、それはいい。じゃあ、牧野は、どう捉えていると思う」

緒方は煙草を口に挟み、燐寸《マッチ》を取り出した。サッと擦《さす》って火をつける。

一連の動きを見ながら、行彦は淡々と答えた。

「……邪魔な監視人、というところだろうな」

「まるでうまくない冗談だな。いつだって仲良く並んでいるくせに」

「それは、光太郎さんが平等な人だからだ。本当なら、肩を並べられるような……」

「重症だな、きみは……。困ったな」

煙草をスパスパと短く吸い、しきりと煙を吐き出す。いましがたまで一緒にいた女の匂いを消しているように思え、行彦は苛立った。

「言いたいことがあるなら、はっきり言ってくれ」

緒方を見ながらも、脳裏に浮かぶのは光太郎の姿だ。緒方と同じように、何らかの方法で女の気配を消すのだろうと考える行彦の胸に、言い知れず黒い暗雲が立ち込める。

「言いたいことは、穂高岳ほどもあるんだけどね。僕が口にすると、牧野が怒る。きみを世間知らずだと言ってもね、あいつは怒るんだよ……。まぁ、あいつは、きみのこととなると、何でも怒るんだけどさ」

視線を宙にさまよわせていた緒方は、行彦の肩の向こうを見つめた。くちびるの端がゆっくりと引き上がる。光太郎が戻ったのだと悟り、行彦は振り向いた。

緒方に手を上げて応えた光太郎は一人で歩いている。学生帽をかぶり、清々《すがすが》しい表情だ。行彦はまた苛立った。

金で買った女と情を交わし、それで世間を知ったつもりになっているならば幻滅しかない。そう思う一方で、悠然と歩く姿に目を奪われ、時間を忘れたくなる自分にも気づいてしまう。

ごまかしてもごまかしても、見ないふりをしても、考えないようにしても、心はいつも光太郎へ傾いてしまう。牧野家への恩があるという言葉は、行彦にとって都合のいい隠《かく》れ蓑《みの》だ。そこまでわかっていても、まだ曖昧《あいまい》なままで光太郎を見る。

行彦をその場に残し、緒方が離れていく。光太郎の肩を軽快な仕草で叩いた。

「誤解を正しておこうと思ったが、僕には無理だった」

朗《ほが》らかに宣言して、火をつけたばかりの煙草を手に、寮とは別の方向へ歩きだす。吸い終わるまで散歩するのだろう。

緒方を見送った光太郎が振り向き、行彦は無表情を装った。慣れたあきらめで感情の揺らぎのすべてを押し殺し、いつ戻るのかと心待ちにしていた相手を見上げる。

「おかえりなさい。光太郎さん」

まるで怒っているような冷たい声が行彦の口から出た。光太郎の眉はわずかに動く。

「ただいま……。こっそり抜けたことを怒っているんじゃないな」

出かけたときと変わらず、光太郎の学生服に乱れはない。瞬時に確認してしまう行彦は、まっすぐに相手を見据えた。光太郎は平然とした表情だ。

行彦の言わんとしていることなど、百も承知だろう。それなのに、まだ、悪所へ通う。もはや嫌がらせかも知れないと思わずにいられない。

「少し、歩こう」

誘われて行彦は従った。ぶらぶらと歩いたが、夕食の時間が近いこともあり、すれ違う学生たちは皆、寮へ戻っていく。

行彦は一歩遅れて歩きながら、詰め襟の学生服を着崩さない光太郎を眺めた。目深にかぶった白いライン入りの学生帽も凛々しく、非の打ち所がない『学生さん』そのものだ。

卒業後は帝国大学へ進学して、末は博士か大臣か。エリート養成コースに乗っている学生たちは、国家を担う次世代の若人として市民に広く愛されている。

光太郎の場合は、牧野家の稼業を継ぎ、いっそう盛り立てていくだろう。生まれながらのエリートコースだ。

「緒方が言った『誤解』って？　どうせ、小さな話を大きくしているだけだ。あんまり、真に受けないでくれ」

横に並んだ光太郎に問われたが、行彦は答えられなかった。

横顔に光太郎の視線を感じ、胃の奥がぎゅっと掴《つか》まれたような心地がして、火照《ほて》りが全身に広がっていく。

しらばっくれたことを言う光太郎のせいだ。そう思い、ちらりと視線を投げた。

「限度があると、お話ししたことを、覚えておられますか」

「またそんな言い方をする……。学内では友人だろう。おまえのほうが年上なんだから、もっとぞんざいに」

「その話は、別の機会でお願いします」

目を細めて見据え、光太郎を黙らせた。校庭の脇で足を止めて向かい合う。

「相手と手を切るのが難しいのなら、私が代わりに話をつけて参ります。どこの店の、何という女性ですか」

行彦は真剣な顔で切り出した。指が腕ごと震えそうになり、拳《こぶし》を握りしめる。

「あなたが通っている……遊里の女性です。噂が立ってからでは取り返しがつきません。あなたは婚約したんですよ」

「行彦。おまえは誤解している。……あぁ、さっきの緒方は、そういうことか」

合点がいったと言わんばかりにうなずき、さっぱりと刈り上げた自分の首の裏へ手を回した。

しばらく黙ってから、ため息をつく。

「婚約はしていない。顔合わせをしたけど、紹介を受けた程度で会話もしていないんだから。嘘《うそ》だと思うなら、お祖父さまに聞いてごらんよ」

「その必要はありません。二人で一緒にお話を聞いたではありませんか。じきに嫁を迎えるのですから、身辺はきれいにしておかなければなりません」

「ちょっと、待ってくれ。いまの話、聞いていたんだろうな」

「どういうことですか」

「婚約はしていない、って説明したばかりじゃないか。二人で聞いた話だって、いつかは結婚するだろうって、その程度の話で……」

「しています」

行彦が繰り返すと、光太郎は大きく息を吸い込んだ。

こめかみの血管が神経質に動き、凜々しい眉がわずかに引き上がる。大人びて見えても、あと一歩の間かん気が幅を利かせ、瑞々《みずみず》しい不完全の妙が、行彦の心をざわめかせた。

「親同士が合意しているのですから、婚約が成立したも同然です」

「同然……？　違うよ。約束をしていないんだから、婚約もしていないんだ。それこそ、勝手なことを言って相手に失礼じゃないか」

声を荒げた光太郎が行彦を置いて歩きだす。話は終わっていないと伸ばした指先が、制服の袖をかすめて宙に浮いた。

「光太郎さん。待ってください。……光太郎さんっ！」

「もういいだろう。どうせ、話にならないんだ。行彦は、俺の言うことなんて、右から左に聞き流してしまうんだからな」

いつになく苛立った声を出し、光太郎はいっそう大股《おおまた》の早足になる。洋装の歩幅は広い。袴を足にまとわりつかせた行彦は、小走りになって追った。

「……どうして、そんな」

心外だ。いつだって、だれよりも心配しているのに。

そう言いたいのだが、言葉にならない。口を開けば小言ばかりを繰り返してきた。立場の違う二人の言葉はすれ違うことも多い。

それでも、行彦にとって光太郎のそばにいることは特別な時間だ。いまだけの、学生でいられる間の、夢のような時間だ。だからこそ『花が咲いた』だの『山がよく見える』だの、当たり障りのない話を持ち寄り、じゃあ見に行こうとなるのが楽しみだった。

対等な友人でいたいのだ。そして、光太郎には特別だと思われたい。

「私は、あなたのために……っ」

校舎の裏に至り、ようやく追いついた。空は暮れて青紫がかっている。防風の雑木林が風に吹かれ、不穏なほどのざわめきが響いていた。

「おまえが仕えているのは、お祖父さまだ。そうだろう」

急に振り向いた光太郎の手が、行彦の肩を掴んだ。

「それなら、それでいいんだ。俺のためなんて、おためごかしはいらない。どうせ、おまえは本音なんて口にしないいんだからな」

声が近くに聞こえ、行彦は驚いた。

あとずさろうとした足が動かず、身をすくめることも忘れてしまう。

「年下の俺の気持ちなんて、わかりはしないだろう……」

光太郎の声が、行彦のくちびるに触れる。肩越しの夕映えは、木々の枝が複雑な文様を描き、まるで色付き硝子《ガラス》を切り貼りしたように見えた。

「何を、したんですか」

ほんの一瞬の出来事だ。息を止めていたくちびるの上に、ぬるい風が走っていく。

行彦の視界を奪った光太郎が身を引く。肩は掴まれたままだった。

「知らないのか、行彦。これがキスだ。独逸語《ドイツご》なら『べーゼ』」

悪ふざけをごまかそうとする声は低くかすれ、何ひとつ冗談になっていない。

「……もっとましなやり方はないんですか。黙らせるにしたって、こんな……」

やっとあとずさることができた行彦は、光太郎の腕を振り払い、自分の着物の袂《たもと》を掴んだ。くちびるを拭おうとしたが、素早く伸びてきた手に阻《はば》まれる。

「な、にを……」

今度こそ抵抗する。腕を払いのけ、光太郎の肩を両手で押しやった。揉《も》み合いになりながら、行彦は混乱する。いったい、何が起こっているのか。まるで嵐に飲まれているかのように理解が追いつかない。

気がついたときには光太郎に腕を掴まれていた。木立の中へ連れ込まれる。

「光太郎さんっ！」

「一度も二度も同じだ」

いまいましげに言った光太郎の両手が、行彦の頬を掴む。逃げようとした背中が木の幹にぶつかり、あっけなく二度目のくちづけが奪われた。

「……んんっ」

かぶりつくような乱暴さでくちびるが吸われ、行彦は腕を振り上げる。光太郎の学生帽が薄闇に飛んだ。

頬ひとつ殴れず、握りしめた拳は頭上に縫い留められる。興奮した光太郎は、もう片方の手で行彦の顎先を掴んだ。痛いほど力強い。

「ん……、んっ」

押し当てられたくちびるの熱さに目を見張り、行彦は貪《むさぼ》られるままに息を乱した。行き場をなくした片手が光太郎の学生服の身頃を掴む。

行彦の胸は激しく波打ち、息が喉《のど》に詰まって不快な気分に襲われる。

怒りにぶるっと震え、光太郎を睨みつけた。その瞬間、刻《とき》が止まる。

「……っ」

行彦は虚を衝かれた。

感情に任せて蛮行に走っているはずの光太郎が、まぶたを閉じている。何度か見た寝顔とはまるで違い、表情は美しく艶《なまめ》かしい。

ますます混乱した行彦は浅く息を吸い込んで腰を引く。遠慮がちに舌先が這《は》い、いよいよ口の中を蹂躙《じゅうりん》されるのかと怯《おび》えた。しかし、舌先は侵入してこない。

「……なぁ、行彦。傷つけるつもりも、奪うつもりもないんだ」

くちびるを押しつけたり離したりしながら、光太郎はつぶやき続ける。

「でも、硬派を気取っても、仕方がないだろう……。こうするしか、ないんだから。他には、どうしたって……」

つぶやく声の低さに、光太郎が見知らぬ男のように思えた。戸惑った行彦の膝の間へと足がねじ込まれ、そして、行彦の股間へと押し当たった。

「あっ……ッ！」

ごりっとした感触を思い知らされ、自分がくちづけによって反応したことを悟る。認めてしまえば止められず、全身が熱く火照り始めた。

光太郎が身を寄せたままで顔を覗《のぞ》き込んでくる。あたりは暗いが相手の顔は見えた。

「もっと淡白だと思っていた。……処理する方法ぐらい知ってる？」

「こ…ぅ…たろ……さん……」

顔を逃がしながら、離れて欲しいと頼んだ声は小さくかすれた。短いくちづけに息づかいが吸い取られる。

「俺の責任でいい。俺のせいにしてくれ……」

「何を、言って……。もう……」

行彦が二人の間に腕を入れると、光太郎は息を飲んだ。いきなり抱きすくめられ、押しのけようとしていた動きが封じ込まれる。

「どうせだから手伝うよ。火をつけたのは、俺だ……」

勝手なことを言う光太郎に肩を掴まれ、行彦の身体が反転した。

木の幹に顔をぶつけそうになり、かわそうとした胸が背後から抱かれる。引き寄せられ、ぎゅっと強く腕が巻きついた。

「危ない。気をつけて」

耳元に流れ込む声は、いつもの光太郎だ。安堵《あんど》と同時に、隠しようのない欲情を覚え、行彦は膝から崩れ落ちそうになる。

身体が思い通りにならず、逃げることさえ叶わない。試みても無駄だった。何度も繰り返されたくちづけがよみがえり、すべてが光太郎の熱へと傾いていく。

「……ぁ、はっ……」

光太郎の息が首筋に触れ、行彦は無自覚に喘《あえ》いだ。

ひとつの部屋に暮らしながら、淡く妄想したことが現実になっている。夢のようでありながら、鮮烈にすさまじい欲求を感じ、めまいがした。

　深い友情の果てに互いの欲望が交換されたのなら、どんな心地がするだろうかと考えたことがある。それが性欲であることを否定しても、光太郎が、婚約者となる少女と引き合わされる前から、行彦は見たこともない女たちに嫉妬《しっと》してきた。それは花街の女に始まり、カフェーの女給、飯屋の少女。果ては決まってもいない未来の伴侶《はんりょ》にさえ気を揉んだ。

　自分以外のだれかが光太郎に触れる。そのことに、激しい怒りを覚えた。

「いやだ……」

　小さな呻《うめ》きがようやくこぼれ出て、行彦は拒《こば》むために首を振る。

「女を抱いた手で……」

　触れないで欲しい。

「抱いていない。今日は行かなかった」

　欲情をこらえた焦《あせ》り声で訴えかけられても、行彦は身を硬くするばかりだ。

「嘘だ……。あなたは、嘘を……」

「……本当だよ。信じないだろうけど」

　光太郎の声が寂しげに沈み、耳元が吐息にくすぐられる。

「俺が、何のために、あんな場所へ行くのか……、知ってる？　行彦。なぁ、知ってるのか」

　片手が袴の脇から差し込まれ、着物の裾《すそ》を乱される。

「あっ……」

その瞬間、行彦はすべての枷《かせ》を手放した。牧野の家のことも、牧野の祖父のことも、自分が信じた高尚な愛のことも忘れてしまう。

光太郎を拒むことなどできるはずもない。

股間を探られ、行彦は震えながら木の幹に両手をついた。

「行彦……」

小さな声で呼びかけられ、その声が震えていることに気づく。

行彦の脳裏にいくつもの場面が思い出された。あやふやな記憶の断片だ。

二人の視線は、いつもさりげなくぶつかり、そのまま、はずせなくなることがあった。早く目覚めすぎた朝や、遠くに相手を見つけたとき、そして夕暮れの薄闇で会話が途切れた瞬間。そこにあるものを友情だと行彦は信じた。相手の立場を理解し、心の内を慮《おもんぱか》って支え合いたいと願う、深い友情が二人を繋いでいると、高尚な愛の姿に重ね合わせてきた。

そうであれば許される。そう思ったからだ。光太郎を愛しいと思う心に枷をつけて、監視人として振る舞う努力をした。

光太郎の瞳に溢れる感情さえ、疎いふりで見逃してきたのだ。

「ん……」

肉厚なくちびるが、うなじをたどって行彦の耳朶《じだ》へ行き着いた。軽く歯を立てられ、身体がぶるっと震える。

「ここ……、いい……？」

緩くつけた越中《えっちゅう》の端から指が忍び込んだ。

「いや、だ……いや……」

行彦は子どものように繰り返して首を振った。妄想の中では年上らしくできても、実際の快感に晒《さら》されては戸惑いが先に立つ。光太郎の指は止まらず、布地を押し上げた象徴を探してうごめいた。その指はしっとりと汗を帯びて熱く、行彦を激しく惑わす。

先端をこねられ、根元を掴まれる。一度、二度としごかれただけで、行彦は腰くだけとなった。木の幹にすがりつき、羞恥《しゅうち》よりも勝る快楽を貪って目を閉じた。

罪悪感さえも押し流されていく。

「あ、あっ……」

「ずいぶんと、弱い。まったくしてなかった……？」

ゆるやかに手筒が動き、行彦の息づかいは細くなる。

「あぁ、加減が難しい……」

戸惑うように言った光太郎は、抱きつくようにぴったりと寄り添い、まるで自分のものを愛《あい》撫《ぶ》するように手を動かし始める。的確で卑猥《ひわい》な動きだ。

「離して……、離してください……」

「だめだ。離せば逃げるだろう。……逃がしたくない。顔は、見ないから……」

「……そ、んな」

「着物が汚れると困る？」

見当違いのことを言いだし、光太郎が片手で袴の裾をたくし上げる。強引な仕草だ。片足が剥《む》き出しになり、勃起したものが外気に触れた。

それさえ快感の火種だ。行彦は自分の口元を片手で押さえた。

いっそ萎《な》えてしまえばいいのに、猛《たけ》りはさらに伸び上がる。欲が極まり、解放の瞬間を待ちわびた。腰がわずかに揺れ、恥ずかしくていたたまれない。

「……ふ、……んっ」

行彦はくちびるを噛んだ。腰の裏に光太郎の体温がぴったりと貼りつき、布地越しにも熱さを感じる。それが暖かく自分を包み、秋風から守っているように思えた。

「いいよ、行彦……。ね……出して」

優しい素振りの息づかいが、耳元への愛撫に代わる。行彦はぶるっと震えた。

引き戻せないところまで来て、ぎゅっと目を閉じる。自分の激しい息づかいが頭の中で渦《うず》を巻き、下腹部に溜まった熱がぐっとせり上がった。

「……ん、くっ」

息が喉で詰まり、光太郎の骨張った指に促される。どくっと心臓が高鳴ったのと同時に熱が弾けた。

「あぁっ……」

飛びだした白濁液が、闇に包まれた雑木林の下草に散る。行彦の心臓は早鐘を打ち、呼吸さえ苦しい。

光太郎の手が動き、萎えたものが片付けられる。たくし上げられていた袴の裾が足を隠した。

「理解しただろう、行彦。……男の性分だ」

薄闇の中で話しかけられ、深い呼吸を繰り返していた行彦は息を詰めた。身体がわずかに震えだし、自分の身体に強く腕を回した。

胃の奥が熱く、行き場のない憤りが湧き起こる。

出さなければならない男の性分があるから、だから遊里へ通うことを見逃せと言うのだろうか。そんなことの証明のために愛撫を受けたのかと思うと、気持ちは激しく乱れた。

一線を越えた事実が、理不尽な屈辱に感じられ、怒りが行彦の体内を駆け巡る。

怒鳴りつけたいのをこらえ、ぐっと丹田《たんでん》に力を込めた。行彦は激情に耐える。奉公に出ている間、どんな理不尽な叱咤《しった》にも耐えたように、己を殺してやり過ごす。

しかし、光太郎の悪所通いは認められない。盛り場のカフェーや座敷で遊ぶのとは違っている。

そこにあるのは、あからさまな閨事《ねやごと》だ。いましがた、行彦がされたように、光太郎の指が女の肌に触れ、女の指は光太郎の若い身体を確かめる。

　想像しただけで腹の奥が煮え返った。

「光太郎さん……」

　行彦は両手の拳を強く握りしめた。互いの間にある感情から目を逸らしたままで、これが落とし所なのだと理解する自分が悲しい。

　心さえ繋がれば肉欲は必要ないと強がってきたのに、触れられてたやすく負けてしまう自分も愚かだと思った。それでも、光太郎を他のだれかに委ねるつもりはない。

「持て余しているものを……、解消できれば……いいんですね……」

　光太郎の腕から逃れ、踵を返して向かい合う。

　勢い余って足元が怪しくなると、逞しい腕がすかさず伸びてきた。腰を支えられる。泣きたいほどに胸が疼き、隠しきれない甘酸っぱさが込み上げる。

　闇の中であっても光太郎の表情はつぶさに感じ取れた。知っているからだ。ときに強引で、そして一歩も引かない光太郎を知っている。

　その強靱さに行彦は惹《ひ》かれてきた。腹が立つけれど、光太郎が間違っているとは言えない。

　若い健康な男子である以上、下腹の欲は溜まる。自己処理を虚しいと思う気持ちにも同意せざるを得なかった。行彦にも覚えがある。好意を寄せる相手と同室で暮らせば、寝息にさえ淫《いん》靡《び》な感覚を得てしまう瞬間の話だ。

「解消するだけなら、簡単なことです」

震えだしそうなくちびるを引き結び、光太郎へ向かって顔を上げた。細い髪が額《ひたい》にかかるのをそのままにして、学生服の胸を両手で撫で下ろした。

「……行彦」

戸惑うような声の理由は問わなかった。何かを考えてしまえば、迷いが生じてしまう。それでは先に進めない。

勢いに任せるから、踏み外せる道がある。

「します……。私が、あなたの、相手を……」

行彦の指が、股間にたどり着く。そこは熱を帯びて脈を打ち、あきらかに張り詰めている。前立てのボタンをはずし、指を差し込む。探り出そうとした行彦は戸惑った。ふっと我に返り、潤んだ目を伏せる。勢いが削がれ、指先が迷い始める。

察した光太郎が焦れたように踏み出した。自ら洋ズボンの前立てをくつろげ、分身を露わにする。先走りで濡れた先端が行彦に触れたのと同時に、二人のくちびるが重なった。

「ん……っ……」

驚きの声を吸い上げられ、やわらかなくちづけで追い込まれる。行彦の背中がふたたび木の幹に当たる。手の中には逞しく育った光太郎があり、握った手ごと両手で包まれた。

盗み見ると、光太郎はやはり目を閉じていて、だれを想像しているのかといまさらな不安が募る。

馴染みの女郎や、親が決めた婚約者や、もっと別のだれかを想ってはいないだろうか。激しい不安に襲われ、行彦は戸惑う。

すると、震えるような息づかいを繰り返していた光太郎が、薄くまぶたを開いた。行彦は息を飲み、意志の強い瞳に囚《とら》われる。二人の視線が絡み合い、触れていたくちびるが離れた。

とっさに追ったのは、行彦だ。舌先で光太郎に触れ、ぞくっとした痺《しび》れに身を任せた。

「ん……」

せつなく目を細めても、光太郎から視線がはずせない。見つめ合ったまま、間違いを犯していると自覚する。

けれど、心の奥は燃え立ち、どうすることもできなかった。情火は迷いを飲み込んで勢いを増す。

「光太郎さん……」

かすれた息づかいに熱がこもり、行彦は逞しく脈打つ昂《たか》ぶりに感嘆する。愛おしかった。まるで悶《もだ》えるように震える光太郎がたまらない。やがて光太郎の息が詰まり、身体がわななくように震えだす。

精悍な頬へ片手を押し当てた行彦は、吐精に顔を歪める光太郎を覗き込んだ。若い欲望の名《な》残《ごり》を眺めて、かすれた声で訴える。

「こんなことをさせた以上……、遊里には、もう二度と近づかないでください。いいですね……、約束、してもらえますね」

年上ぶった負け惜しみだが、内心は祈るような気持ちになった。

いつかは互いに嫁を迎える身だ。それでも、一緒にいられる間だけは、女を求めずにいて欲しい。

「これきりで、なければ……」

深い呼吸で息を整えた光太郎は、腰にぶらさげた手拭いで行彦の手を拭った。

二人を包み隠す木立は闇の中だ。清《さや》かな月の光が、枯れ葉を落としながら差し込んでくる。

終わってしまえば、くちづけさえ、おいそれと交わせない二人は、ぎこちない雰囲気のまま、互いが踏む枯れ葉の音に気づいた。


消灯の時間が過ぎても、行彦はまるで眠ることができなかった。

とはいえ、蝋燭《ろうそく》を灯して勉強をしようとも思えない。

隣に敷いた布団に横たわる光太郎は、黒いかたまりに見え、耳を澄ませば健やかな寝息が聞こえるばかりだ。それがかえって行彦を動揺させた。

だから部屋を抜け出して、月明かりの下を歩くことにする。

寝間着代わりの浴衣の上にマントを羽織り、空を見上げた。数えきれないほどの星が撒き散らかされたようにまたたいている。

やるせなさにくちびるを引き結んだ行彦は、ヒマラヤ杉の並木の途中で腰を下ろした。木にもたれて、ひっそりとため息をつく。マントにくるまりながら膝を抱えた。

夕暮れにまぎれて起こった椿事《ちんじ》は現実感を伴わず、二人は何ごともなかったかのように夕食を取り、部屋に戻って床を伸べた。いつもと変わらない、二人部屋だ。入学した当初から、同じ部屋で寝起きしている。

行彦はぼんやりと空を見た。常緑樹の枝葉の向こうに星がまたたき、秋の夜風が火照った頬を冷やす。身体の内側に残る興奮だけがいつまでも尾を引き、これきりでなければ、と条件を出した光太郎の声がよみがえってくる。

平然を装いながら、どこか焦ったような返事だった。

悪所通いをしないでくれと、行彦は要求したのだ。諾か否か。答えはふたつに限られると思っていたが、思わぬところにみっつ目が存在していた。あんなことを、またするのだろうかと考えた行彦は、くちびるを噛んで、目を閉じた。

暗闇が広がり、梢《こずえ》を鳴らす風の音が聞こえてくる。

あまりの静けさに、いつかの夜を思い起こした。

去年の九月のことだ。入学したての新入りを歓迎するという名目の恒例行事が、突如として寮を襲った。説教ストームだ。

ストームとは英語の『嵐』から来た言葉で、内容はそっくりそのまま、荒れ狂う嵐のように手の施しようがない蛮行の一種だった。

就寝して数時間後の深夜、鍋や太鼓を叩き散らす騒音が遠くから聞こえ、やがて怒鳴るような寮歌も一緒になって近づいてくる。対処方法を知らない新入生は格好の餌食《えじき》だ。

二人部屋の木戸が蹴り破られ、行彦も光太郎も布団を抱きしめて飛び起きた。呆然《ぼうぜん》としている間に、ドスンと鈍い音をさせて上級生が座り込む。

「入学の志や如何《いかん》！」

廊下から月明かりが差し込んだ。怒鳴る上級生の声で、狭《せま》い部屋の壁がビリビリと震える。いくつか向こうの部屋からも同じ文句が響き、何ごとかを喚《わめ》き返す大声が聞こえた。

光太郎の前にあぐらをかいた上級生も、ふたたび怒鳴る。

「入学の志や、如何！　答えがないとは何ごとだ！　明日にでも、荷物をまとめて帰れ！」

つばを散らしながら光太郎へにじり寄る。普段は寝起きのいい光太郎だが、真夜中に叩き起こされ、正座の体勢を取ったものの収まり悪く揺れ続けていた。

この騒がしさの中で睡魔に呑まれようとするところが、いかにも鷹揚な坊ちゃん育ちだ。

上級生はなおも声を荒げて詰め寄ってくる。その言葉はひどく不明瞭で聞き取れない。寮内での飲酒は御法度だが、景気づけにあおってきたのだろう。

説教ストームの目的は、一方的な挙げ足取りであり、新入生への肝試《きもだめ》しでもある。何を答えても反論で返される押し問答が繰り返され、上級生が疲れ果てて眠るまで、不毛な説教が延々と続く。

大概の新入生は大変なところへ来てしまったと気落ちするのだが、ひとつ釜の飯を食い、勉学の苦楽を共にしていくための通過儀礼だ。入学当初はしどろもどろに答えていた新入生も、一年経てば立派に口が立つようになる。そのうちの幾人かが、翌年の説教ストームの首謀者と成り代わっていく。

光太郎に詰め寄っている上級生も、そんな一人だろう。

行彦はひそかに光太郎の横顔を盗み見た。

深窓の令息だ。人に怒鳴り散らされた経験などないかも知れない。泣くだろうかと心配になったが、光太郎の反応はまるで違っていた。

上級生の問いに必死の答えを探すでもなく、むっつりとくちびるを引き結んでいる。形良く黒々とした眉は吊り上がり、まぶたは半眼に閉じていた。襲撃の驚きよりも眠気が勝り、安眠を邪魔された怒りで、すぐにでも拳を振るいそうな雰囲気だ。

一瞬の驚きが焦燥に変わり、冷や汗をかいた行彦は二人の間へ飛び込んだ。

上級生の息は、顔を背けたくなるほど酒臭い。丹田に力を込めて耐え、光太郎に代わって問答に応じる。説教ができれば相手は問われず、やりとりを繰り返しながら片手で布団を掴んだ。

酔った上級生の目を盗み、ふらっと傾いだ光太郎の身体を覆い隠す。

そこへ、もう一人、提灯《ちょうちん》を掲げた上級生が顔を出した。

ギラギラとした目で室内を見回したが、布団で隠した光太郎には気づかれない。

酔った上級生の説教を聞きながら、行彦は安堵した。

東京を出発するとき、光太郎を心配する牧野家の両親は『学校が息子にそぐわないと思えば、すぐにでも知らせてくれ』と言ったのだ。彼が音を上げると思っていたのだろう。

しかし、光太郎の祖父・宗之は違っていた。行彦を呼び寄せ、三年間で卒業させるようにと念を押した。跡取りがゆえの傲慢《ごうまん》さと見通しの幼さを知りながら、荒削りの才気があることも悟っていたのだ。光太郎は父親よりも祖父に似ている。

宗之が言うならばと、行彦はこころよく引き受けた。内心には、頼りにされることの喜びと進学の道を開いてくれたことへの感謝の気持ちがあった。光太郎の面倒を見ることは恩返しでもある。

ほのかな月明かりの中で上級生と向かい合った行彦は、次第に強く燃え上がる興奮に身を委ねた。垂れ流される説教を聞きながら、一方では己の未来を想う。行彦の瞳は爛々《らんらん》と輝いた。気が昂ぶり、頭が冴《さ》える。突然、堰《せき》を切ったように反論が溢れ出した。

上級生が意気込んで言い返してきたが、行彦は怯まずに応戦する。

そこには、自由があった。自分の言葉で、自分の声で、どんな考えや希望を口にしてもかまわないのだ。奉公先の主人や、先輩や、取引先の旦那衆に気を使う必要はない。筋さえ通っていれば、小賢《こざか》しいと笑われることもなく、笑われても言い返す権利がまた与えられる。

不運に奪われた進学の道は、ふたたび行彦の前に延びていた。それがどれほどの歓びか。目の前の上級生にもわからないだろう。

行彦は淀みなく言葉を発した。朗々と夢を語り、相手の酒臭さも忘れて詰め寄る。いつのまにか、二人の立場は逆転し、志とは何かと行彦が問う。上級生はしどろもどろになった。

行彦の熱量に圧されている上級生が背にした入り口には、見物の野次馬が鈴なりに集まっていた。手に提げた灯りが集まって、部屋の中が明るくなる。

対峙《たいじ》していた上級生が野次馬に引きずり出され、次の論客が行彦の前に意気込んで座る。それが、翌年には寮総代となる東尾だった。

光太郎もいつのまにやら布団を撥ねのけ、東尾と対峙する行彦のそばであぐらを組み、膝に頬杖をつきながら真剣な表情で話を聞いている。伏せられたまぶたは思慮深く見え、事実、ふっと差し込まれる言葉は的確だった。

それは決まって行彦の発言の援護となり、言葉の意味を力強くする。しかし発言者の立場を奪うことはなく、行彦の論説はますます伸びやかに発展した。

二人の名前が校内に響き渡るに至った出来事だ。

そして、行彦の心にも、光太郎という男の存在が刻まれた。

恵まれた育ちを隠そうとしない彼の鷹揚さの中には、真実を得ようとする挑戦者の真摯《しんし》な意気地がある。それは、生まれ育ちを安易に否定するバンカラ思考に走らず、高級布地の学生服を大事に着ているところであり、だれに対しても平等に心を開いて語り合おうとするところだ。相手の場所まで降りていくことはなく、かといって上からものを言うこともない。光太郎は他人の生まれ育ちを尊重する。そして、自分の生まれ育ちも尊重されるべきだと胸を張って言い切れる男だった。

たとえ教授と論争になり、言い負かされて帰っても、がむしゃらに文献を漁って、さらに挑む。そんな負けん気の強さも魅力的だ。一方で、相手を論破することには興味がなく、意見交換に高揚するところもまた、いかにも満ち足りた生育歴が垣間見《かいまみ》られて清々しい。

ヒマラヤ杉の根元で小さくなった行彦は、さまざまに思い出される光太郎の面影を追い、ゆるやかに息を吐き出した。

風が当たる頬は冷えたが、マントにくるまった身体は熱くなる一方だ。

指先に人肌の感触がよみがえり、興奮を押し殺した光太郎の息づかいが思い出される。

あんなふうに触れるつもりはなかったのだ。ただそばにいて支え、高校、大学と進路を共にして、いつか青春時代を共有の記憶として語れる二人になりたかった。そのときまでには、光太郎と肩を並べられる地位を得るのだと、その一心で日々を過ごしている。

あの日の説教ストームで、二人、並んで論じたことが行彦に新しい未来を見せたのだ。光太郎は年下だが、目標の先にいる男だった。憧れと嫉妬は入り混じり、行彦の心にいつしか言葉にできない願いが芽生えた。

ふいに思考とは関係のない快感の記憶がよぎり、胸がぎゅっと締めつけられた。痛みが淡く滲んで広がる。生身に触れられる行為は特別だ。拒めなかった自分自身を恨《うら》みながらも、行彦は悦楽の残した傷痕《きずあと》を何度も撫でてしまう。確かめるほどに苦しくつらい。それでも、思い出さずにはいられなかった。

友情だけでは説明が付かない想いだ。光太郎にも打ち明けることはできない。

この感情は、互いを見つめる瞬間、閃《ひらめ》くように感じ合い、それで終わらせるのがふさわしいのだろう。多くを望めば、友情も愛情も地《ち》に塗《まみ》れることになる。それは、光太郎を踏みにじるのと同じだ。

長いまつげを伏せた行彦は、近づく足音に顔を上げた。

闇に溶けるような洋靴が見え、月影に黒いマントが揺れる。

「こんなところで寝るんじゃないよ」

笑ったのは、光太郎だ。行彦の戻りが遅いので、探しに出てきたのだろう。

行彦は夕方のことを謝るつもりで口を開き、黙った。なかったことのように振る舞っているのに、いまさら持ち出すのは野暮だと気づく。だから、部屋へ戻るために立ち上がってマントを振った。まといついた枯れ葉が舞い落ちていく。

「煙草でも吸いながら、歩こう」

手にした煙草を差し出し、光太郎が首を傾げる。その仕草は、いつもの彼だ。触れ合ったことなど微塵も感じさせず、憎たらしいほど屈託がない。

「緒方の煙草でしょう」

二本あるうちの一本を抜き取り、くちびるに挟む。

「こういうときのために拝借してあるんだ。そのうちに返すさ」

光太郎はくわえ煙草で器用に話し、燐寸《マッチ》を擦った。独特の匂いが立ちのぼり、先に行彦が火を移す。すると、燐寸の火が消える。

「行彦、そのまま……」

燐寸の匂いをさせた光太郎の指が近づき、行彦のほっそりとした顎を支えた。身を屈《かが》めた光太郎の煙草が、行彦の煙草の先端に触れる。とっさに自分の煙草を指で支え、行彦は相手を見た。煙草の火が赤々と燃える。

表情を変えないことぐらい朝飯前だ。それなのに、夕方の行為では我を失ってしまった。後悔がまた押し寄せ、行彦はいっそう無表情になる。

火が強くなり、ちりちりと葉が燃えていく。

光太郎はまぶたを伏せていた。その容貌《かんばせ》に少年の色はない。代わりに、男として目覚め始めた青年の、瑞々しくもかぐわしい清廉な色気がある。

顎を掴まれたままの行彦は、たまらずに目を閉じた。なぜと問いたい想いを押し殺す。どんな理由も、心を満たすはずがない。

光太郎はやがて嫁をもらい、一族を支える家長となる。だから、溢れる性欲の発散相手を、遊里の女から世話係の侍従に変えるだけだ。

それが単なる言い訳だとしても、言葉で確認し合うことは虚しさしか残さない。

二人の間に煙が立ち、先端が触れ合った煙草は無駄に燃えていく。味など、どうでもよかった。わかるはずがない。

行彦の長いまつげに月の光が降り注ぎ、白皙《はくせき》の頬に震えるような影を伸ばす。

まぶたを押し上げた光太郎が身を引いた。煙草の白い灰が、二人の間へ落ちた。二人は黙って見つめ合った。その瞬間にだけ、二人の真実は閃いた。

【2】


指先が触れて、暗闇の中で光太郎が身をよじらせる。

二人の部屋は、校舎から一番離れた寮棟の二階だ。六畳間に文机《ふづくえ》が二台と小さな本棚が一架。片側は隣室との壁で、向かいには上下に分かれた一畳幅の押し入れがある。壁の向こうは反対隣の部屋の押し入れの背になっており、廊下に面した入り口は木製の引き戸だ。

窓には雨戸もついているが、真冬にならなければ開けたままでいることが多かった。今夜は月も隠れた曇り空だ。光に乏しく、互いの表情を確認することは難しい。

「……もう、いいでしょう」

「おまえは？」

ささやき声に誘われ、行彦は身体を逃がした。光太郎の吐精を受け止めた手拭いの端で、濡れた手のひらを清める。

壁の向こうは、緒方が入っている部屋だ。同室の山下《やました》はいびきのうるさい男で、今夜もまた地鳴りのような音を響かせていた。たまに鈍い音がするのは、緒方に蹴り飛ばされた山下が壁にぶつかっているからだ。

「私はけっこうです」

断りながら、行彦は布団を這い出る。

行為は光太郎から持ちかけられ、行彦は黙って付き合う。およそ三日ごとにくちびるを重ね、手を貸していた。

「強がりだな。嘘つき」

光太郎の声が追ってきて、行彦の引き締まった腰へと腕が回る。強引に引き戻された行彦は逃げようともがいた。そうしなければ、股間を握られてしまう。

「……はな、し……っ、て……」

くださいい、まで言えず、行彦は激しく抵抗した。光太郎には柔道の心得がある。高等学校柔道といえば寝技だ。抑え込まれてしまえば、逃げ出せない。

揉み合いになって息が乱れ、互いの額がぶつかり合う。横並びに敷いた二組の布団の上を、ごろごろと転がっているうちに、浴衣の裾から剥き出しになった足が絡み合った。

行彦の体毛は細くて薄いが、光太郎もまた剛毛ではない。かろうじて生えているやわらかな感触に撫でられ、行彦は戸惑った。胸が苦しくなり、光太郎のことを憎く思う。生身に触れ、自慰の手伝いをするだけでも動揺するのに、これ以上、性欲を煽《あお》られては引き戻せない。

「……光太郎さん、私だって男です。御存知だと思うのですが」

声をひそめて訴えかけ、倒れ込んだ光太郎の足に触れる。思い余って膝を掴み、左右に割り開きながら、腰を進めた。

「……行彦ッ」

驚いた声がくぐもる。闇の中、手探りで光太郎の口元を覆う。その手のひらに生温かい息がかかっただけで、行彦はせつなくなった。

「ちょっと、待て……。待ってくれ」

「待ちます。本当にしようとは思っていませんから」

しかし、三日に一度の頻度で艶かしい声を聞かされ、行彦の理性も限界に近い。

「いや、そうじゃない」

光太郎が言った。離そうとした手が掴まれる。光太郎の手は汗ばんでいた。

「……反応……してるじゃないか」

膝を立てて足を開いた姿勢で光太郎の腰が動く。股間が布越しにこすれ、行彦は息を詰めた。

「あな、た……は……っ」

「どういうことだ。前とその前は、反応しなかった」

「しては、いました。……意識しないようにしていただけです」

「溜まってるなら、言えばいいだろう」

「そんなことしたら、触るでしょう。あなたは。……腰を、動かさないで、ください」

両手で光太郎の腰を掴む。まるで性交の体位だ。一瞬で妄想してしまい、行彦は慌《あわ》てて腰を引いた。

「俺がいいと言えば、それを入れる気があるってことか」

「言うつもりですか」

布団の上をじりじりとあとずさり、距離を置く。部屋の中に、月の光が差し込んだ。

「言わない。……俺は、向かないからな」

盆のくぼに手をやりながら光太郎が身を起こした。薄闇の中でようやく顔が見える。

「……行彦。俺を相手に入れることを考えられるなら、攻守が逆でもいいよな？」

「なぜです。意味がわからない。私のほうが年長なのに」

「年齢が関係あるのか……？　まさか、おまえ、うちにいるとき、誰かと……」

「やめてください」

行彦は真顔になって光太郎を睨んだ。

「……稚児《ちご》役はあなたです」

冷たく言い返して視線を逸らす。光太郎の手が伸び、行彦の膝に触れた。

「行彦はあえて俺を抱きたいわけじゃないだろう？　俺は、主体的に、おまえを抱きたい」

月明かりの中で、光太郎の声がひっそりと色めいて響いた。くちびるを歪めた行彦は、短いため息をつく。

「いくら世話係でも、尻を差し出すほど落ちぶれてはいません。……そもそも、女遊びを止めるための取引だ。それ以上は、元も子もないでしょう」

「俺が抱かれるなら申し訳が立つわけでもないしな」

「だから、くだらないことを言わないで欲しいんです」

「……おまえの、それは、どこで解消するんだ。俺の目を盗んで、一年坊主と懇《ねんご》ろになっているとか？　それとも、馴染みの女でもいるのか」

光太郎の声が沈み、責めるような口調になる。

「どちらがいても、あなたには関係ない話です。私はお祖父さまの恩に報いるために、あなたを導く役目を……、光太郎さん、聞いていますか」

「聞いてない」

立てた膝の上に肘をついて頭を支えた光太郎は、拗ねたようにそっぽを向く。

「何を、子どものような……」

あきれた視線を向けてみても、自分の他に相手がいると疑う光太郎の身勝手な独占欲が愛おしい。

いっそ、男の欲に任せて、抱いてしまおうかと考えるほどだ。

「俺のほうが行彦より背も高いし、身体も大きい。モノだって」

光太郎がぶつぶつと不満を漏らす。

「それは関係ありません。立派すぎれば負担だ」

「知ったようなことを言うな」

「……あなたにはしませんから、ご安心なさい」

行彦はわざともったいぶって笑いながら身を引く。窓際に置いた文机まで這い寄った。月の光がまた翳《かげ》り、慌てて燐寸を擦る。蝋燭に火を移すと部屋が明るくなった。同時に、窓の外が闇に染まる。

「手を洗ってきます」

燭台と汚れた手拭いを持ち、拗ねた光太郎に後ろ髪を引かれながら、そそくさと廊下へ出た。窓越しに見えるはずの隣舎は闇の中だ。今夜は雲が厚く、月が覆われると特に暗い。

「俺も手洗いに」

光太郎がすぐについてくる。

「あなたは寮雨《りょうう》で済ませればいいでしょう」

行彦は歩調を速めた。本気で嫌がるわけではない。妙にからかいたくなって、光太郎をかまってしまうだけだ。

「暗くてだめだ。どこに向かって放ってるのか、まるで見えないだろう。ほら、見てみろ。真っ暗だ」

光太郎の真剣な口調は、小さな声に反して大げさだ。

寮雨は高等学校の悪習のひとつで、窓からの放尿のことをいう。寒い日や夜などに、手洗いまで向かうのを面倒がって行われ、年に数人、足を踏み外した学生が窓から落ちていた。

「そんなことを言って、私が一人で処理をしないかと、物見高く確認しに来たんじゃないんですか……」

　追ってくる光太郎と一階まで下り、寮舎を繋ぐ渡り廊下へ出た。手洗いは渡り廊下の途中に二棟建てられている。

「だとしたら手伝うよ」

「すでにお断りしました」

「……俺が稚児役を拒んだから、怒ってるんだろう」

　ひょいと顔を覗き込まれ、足を止める。冬期の積雪に備えた渡り廊下には、屋根と壁があり、窓もついていた。ひんやりと冷たい廊下で行彦は吹き出した。

「光太郎さん。あれは、冗談だと言ったではありませんか。……本当に、あなたは」

　笑いながら顔を背ける。じっと見つめてくる瞳にほだされて、くちづけのひとつでもしたくなるのがこわかった。

　光太郎は、この取引を、何か楽しい戯《たわむ》れだと感じている。その現実に、行彦は酔ってしまう。共通の秘密で、二人の友情が一段、深いものになったと思うからだ。

　ふいに恥ずかしくなり、一歩、二歩と前へ出る。その背に光太郎の声が掛かった。

「行彦。今夜は引くけど……、一度、きちんと相談させてくれ」

「え？」

　意味がわからずに振り向いた。

「冗談にしないで。……いいね？」

ふいに男らしい表情を見せたかと思うと、次の瞬間には顔をくしゃくしゃにして笑う。

逞しさとあどけなさを同居させた光太郎は、行彦の心を激しく掻き乱す。

胸が痛いほどに熱かった。溢れるものは、友情ばかりでない。欲情も同じぐらいに滾《たぎ》る。

何も答えずにいると、一人で先に手洗いへ飛び込んだ光太郎が顔を見せた。

「早く来い。真っ暗だ！」

手招きされて、行彦は肩をすくめる。思わず笑ってしまう。

そして、この瞬間が永遠に続けばいいと願いながら、それが手洗いの前では困ると、ふざけて考えた。

＊＊＊

互いの好意に触れてじゃれ合う日々は続き、まるで永遠のようだと行彦は何度も思った。

三日に一度の約束を果たしながら、合間には何もしない。しかし、夜更けの布団から這い出して、示し合わせたように、くちづけだけを交わすこともある。

相談したいと光太郎は言ったが、改めて議題に持ち出されることはない。行為の最中はさりげない攻防戦が繰り返された。行彦がのしかかろうとすると、光太郎は本気になって柔道の寝技をかけてくる。ひっくり返されるたび、真剣な表情で挑んでくる年下の男に見惚《みほ》れた。

強く抱きしめたい衝動は激しく湧き起こったが、行彦は年上の矜持《きょうじ》でこらえる。光太郎の無邪気さはせつなくも憎たらしい。一方で、爽やかな明るさが二人の関係を淫靡に陥らせず、救いをもたらす。

図書庫二階の窓枠に肩を預け、詰め襟学生服の行彦は清楚《せいそ》に物憂《ものう》く目を伏せた。長いまつげの影は頬へ落ち、白い肌との対比で学生服の黒がいっそう際立つ。窓から差す陽に透けた髪を、ほっそりと長い指が耳へとかけた。手にした手紙を開き直す。

いままで一度も届かなかった信書には、新学期を迎えてからの孫を気づかう祖父の心が綴《つづ》られていた。

行彦はため息をつき、窓の外へ視線を向ける。夏に繁っていた葉は色づき、季節の移ろいを感じ取った。都合のいい永遠などあるはずもないと、心が現実を悟る。

宗之の手紙には『光太郎も、きみのように、しっかりと道を選べる男になって欲しい』と書かれていた。『婚約するのだから、少しは落ち着くだろう』ともある。

光太郎同様に行彦のことも気づかってくれる文面に対する喜びは、何も知られていないと安堵するしたたかさにすり替わる。

行彦は苦笑を浮かべ、手紙を封筒へ戻した。

所詮《しょせん》は、男同士の関係だと心にうそぶく。硬派学生の間では定期的に男色が流行し、世間的にも一過性の熱病のように扱われている節がある。行きすぎた友情はときに劣情を伴い、悪ふざけを誘発する。

しかし、男同士でも恋はあるのだろうと行彦は考える。光太郎と触れ合う理由を、性欲の発散ではなく、恋情に求めたいからだ。哲学書を何冊も読み、さまざまな愛の形を小説の中に求め、見つめ合うたびに告白が込み上げてしまうほど、行彦の頭の中は光太郎のことばかりだ。

忘れようとして打ち込む勉強は恐ろしくはかどった。普通は逆だろうが、行彦の集中力は不思議と増す。

窓の外から呼びかける声が聞こえ、行彦は窓を開けて階下を見た。

学生服の袖を大きく振っているのは緒方だ。待っているように言われ、窓を閉めた。しばらくすると書架を眺めながら緒方が現われる。

「窓枠に収まるきみは、外から見ても、内から見ても絵になるね」

親指と人差し指を枠に見立て、気障に構図を切り取る。

「牧野は落ち着いたみたいだな。あれから、誘ってもついてこない」

「緒方も行かなければいいだろう」

「それは無理だな。癒《い》やされるために行ってるんだから……。牧野は違ったんだろう」

「……発散だろう？」

行彦は声をひそめて答えた。ふたたび窓の外へ目を向ける。木々の向こうは、広々とした蹴球場《しゅうきゅうじょう》だ。一日の学課がすべて終わった昼下がりの陽差しの中で、蹴球部の部員たちはのびのびと散らばっていた。これから、模擬試合を始めるようだ。

緒方を呼び寄せて教えると、横に並ぶ。行彦と緒方は、ほぼ同じ身長だ。

「さっき、賭けてきた」

緒方が言った。模擬試合の結果を使った賭けだ。

「この前の配当金はどうしたんだ」

行彦が聞くと、両手を開いて肩をすくめる。

「すっかり使った。今日もうまく行けば、久しぶりに芸妓《げいぎ》を呼んで遊ぶつもりだ。たまには来いよ」

「まぁ、お座敷遊びぐらいならね」

軽い口調で答え、額にかかる前髪を払う。手にしていた封筒を、洋ズボンのポケットへ押し込んだ。

「以前のお座敷に、踊りのうまい妓《こ》がいただろう。半玉《はんぎょく》の。あの子の踊りを、また見たいな」

芸者になる前の見習いの若い少女だ。ぎこちなさのある踊りに残った固さが、行彦の記憶に刻まれている。

「どの妓だろうか」

緒方は首をひねった。それから突然に話を変える。

「牧野の婚約は嘘だったな」

「嘘じゃない。するよ、確実に」

行彦は表情を引き締めて答える。胸がちくっと痛んだ。

光太郎との関係を知らない緒方は、あきれたような息をついて言った。

「本人は、していないし、するつもりはないって。……どうして、そんなに頑固なんだ。牧野が結婚すると嬉しいのか」

「だれだって、いつかはするだろう」

「しないやつだっている」

「光太郎さんは、しなければならない人だ」

「……古い考えだな。牧野のお祖父さんは先進的な人だって話だっただろう。婚約はただの脅《おど》しだと思うけどなぁ。きっと、おまえの気苦労を思ってのことだ。だいたい、家制度に固執して、得るものなんかないだろう」

「そういう考えが、一族に迷惑をかける」

「僕らの世代が変えていかなければ、この国は沈むよ。だいたい、武士だって、跡取りがいなければ養子を取ってまかなってきたんだ。血だ何だとこだわっても、どうせまやかしの伝統じゃないか。牧野の家も、明治の前には一人や二人、養子を入れているはずだ」

急に議論を吹っかけられ、行彦は険しく眉をひそめた。

「これは、意味のある話なんだろうな」

そうでなければ話したくないと、首を左右に振って拒む。

「意味があるなしで選択するなよ。人生なんて、元から無為だろ」

髪を掻き上げた緒方は窓にぴったりと額を寄せる。目を凝らして、蹴球場を見た。

「何でもあるってことは、何もないってことだと思わないか。真実の一面だ。将来を決められている恐怖は、だれにだって覚えがあることだ」

敷かれたレールを走り続けるトロッコから降りられない、閉塞の恐怖だ。

行彦にも覚えがある。かつて、進学をあきらめて奉公へ出たとき、自分の人生は決したと落胆した。奈落《ならく》へ堕《お》ちるような心地を覚えている。

次男坊の行彦が家に依らずに独立していくには、確かな学力と、それを証明する学歴が必要なのだ。その交友関係の中から生まれる伝手《つて》が、新時代に対応する立身出世の道になる。

「だからこそ、光太郎さんには、道を誤らないで欲しい」

答える行彦は窓に背を向けた。壁にもたれて、胸の前で腕を組む。

「白石。きみは、牧野の味方なのか？　それとも『お祖父さま』の味方なのか？」

「もちろん、お祖父さまだ」

即答すると、振り返った緒方が表情を歪めた。

「何だ、友達甲斐《がい》もない」

「友達……か。あの人は、本家の御曹司《おんぞうし》だ。立派な人になってもらわなければ、うちが困る。まだ下に兄弟がいるんだ」

今度は行彦が窓の外を覗き、緒方が下がって壁にもたれる。

「それは、きみの親御さんと兄さんが考えることだよ。どうして背負いたがるんだ」

やわらかな吐息をついて、緒方が手を伸ばしてくる。肩を押された。

「一度は背負わされた荷物だとしても、ここでは下ろしてしまえよ。高校生活の三年と、大学生活の三年。この六年だけが、真実に自由な時間だ。せっかく、牧野のお祖父さんが与えてくれた時間だろう」

「光太郎さんにもしものことがあれば、大学へは進めない。だから、あの人にはしっかりやってもらわなければ……」

たとえ、肉体関係を作ってでも、勉学を続けてもらわなければならない。女に溺れて身を持ち崩されては困るのだ。

心につぶやく言い訳は、自分に対する免罪符でもある。

光太郎への愛着も含めて、牧野の祖父を裏切っているのではないと思うための理屈だ。

それを口にするときでさえ、行彦の脳裏には夜ごとのくちづけが浮かぶ。

「こんなこと、光太郎さんには言わないでくれ」

沈んだ声で頼み、目元にかかる髪を指で払った。くちびるに光太郎の感触がよみがえり、身体がにわかに疼き始める。淫靡な情動を思い起こすと、後ろ暗さが胸に沁みて落ち着かなくなる。無性に光太郎の顔が見たくなり、視線を逸らしてため息をつく。

そんな行彦をひっそりと見つめ、緒方は静かにうなずいた。

「もうとっくに伝わっているよ。きみは世間を知りすぎて、反対に視野が狭いんだな。牧野は成績を落としていないだろう。はなから女に溺れてなんていないんだ。初めの一度だけ、って話だ」

緒方の足先が図書庫の床を蹴った。

「牧野が、女と寝たのは、童貞を捨てた日だけだ。あとはただ話をして帰るんだと。直接、女から聞いた。……きみがあんまりにも心配しているから、どれほどの仲なのかと聞きに行ったんだ」

「あぁ、それはどうも手間をかけた」

「きみも牧野も大事な友人だ。それぐらいのことはかまわない」

「相手は、残念だろうな。光太郎さんが通わなくなれば」

「……たいして太い客でも……」

言いかけた緒方が振り向く。甘いような雰囲気の目元に前髪が流れかかった。

「白石。きみ、いま、どういう意味で言ったんだ」

「だから、光太郎さんと会えなくなれば、寂しいだろうと」

「……やっぱり、そっちか」

ふっと笑いをこぼして、窓辺から離れる。

「試合を見に行こう、白石。……牧野はいい男だ。でも、玄人の女が好むのは、もっと別のタイプだよ」

「自分みたいな、だろ。緒方の話は信用ならない」

肩をすくめて言い返しながら、歩きだした緒方を追う。

「だれだって、自分の惚れた相手が一番だ」

書架の間を抜けていく緒方の、ぼやくような声が聞き取れない。行彦は確認の声を掛けた。

「何だって？　聞き取れなかった」

「牧野だって同じだ。……そういえば、なんでも屋の依頼で『女を知りたい』ってのが来ていたな。依頼なら、牧野も足を運んでいいんだろう？」

緒方はわざとらしく微笑み、話を元に戻さない。

「聞き取れなかったんだよ、緒方。あぁ、依頼でも、光太郎さんはいけない。そんな女衒《ぜげん》みたいなことをさせないでくれ」

「俺ならいいのか」

「頼まれなくても同行するんじゃないのか」

「相手が済ますのを見ているわけにもいかないし、置いて帰るのもなぁ」

図書庫を抜けて、事務室に挨拶をしてから廊下を進む。左右には閲覧室《えつらんしつ》があり、自習に励む学生でほとんどの席は埋まっていた。

「緒方はいいんだよ。見るからに世俗の垢《あか》に塗れているんだから」

背筋を伸ばした行彦は、つんと顎を逸らす。聞き逃した話をごまかした腹いせだ。

「ひどい言われようだな」

言葉ほどに腹を立てた様子もなく、緒方はからりと笑う。

二人は澄んだ秋空の下を、蹴球場まで歩いた。木立の梢《こずえ》で風が動き、揺れた枝から葉が舞い落ちる。緒方が手を伸ばし、器用に空中で掴んだ。


宗之から届いた手紙は、夜が近づくごとに行彦の心を乱した。

信頼されている。その喜ばしい現実が、いまは胸を苦しくさせるばかりだ。

世話係として、年上らしく導かなければならないはずが、女色《にょしょく》への耽溺《たんでき》をかわす代わりに男色を教えているのだから当然だった。

もっともらしい言い訳は行ったり来たりを繰り返し、膨《ふく》れ上がる想いの行き先は定まらない。

突き詰めてしまえば、光太郎から求められることを喜び、触れられる幸運に酔っている。

「ずいぶんと読み進めたな」

いつのまにか隣に寄っていた光太郎が手元を覗き込んでくる。寮室の文机に開かれているのは、哲学書の訳本だ。消灯が過ぎ、手元の洋灯《ランプ》に火を灯して読んでいる。

寝間着の浴衣を着た行彦は、曖昧に答えた。

読みながらも、途中では常に光太郎とのことを考えていたからだ。それでも読書は不思議とはかどって、内容も頭に入っている。

「……いい？」

尋ねられて、行彦は本に栞《しおり》を挟んだ。

何を求められているのかは、熱源体の近づくが如き雰囲気でわかる。粗暴な欲求を垣間見ながら、問うてくる声には年下らしい甘えを感じ取った。

行彦はまつげを伏せる。文机の引き出しに入れた宗之の手紙を思い出し、とっさに言い訳を並べた。

悪所へ通わせないため、女に溺れないため、欲を発散させて勉学に集中させるため。

だから、自分の欲のためではない。

最後に付け加えた言葉に、苦々しさが溢れる。数年の奉公が思い起こされ、身に付かなくてもいい狡《ずる》さを覚えた結果だと悟る。それがまた、光太郎との差を感じさせ、焦燥感《しょうそうかん》が募った。

ついさっきまで手元を覗き込んでいた男の手が頤《おとがい》へ伸び、行彦は素直に片方の肩を引く。

「……ん」

一度触れさせて、それから何度も角度を変える。弾力のある男のくちびるを、同じ男のくちびるで押して感触を確かめていく。それがなぜ、淫靡な気分を生み出すのか。行彦は気を逸らすために考える。

やがて、どちらともなく吐息が漏れ、光太郎が蝋燭の火を消した。

深まる秋の月は輝くばかりに明るく、部屋の窓辺へと射し込んでくる。しかし、見つめ合う二人は互いの影の中にいた。

「光太郎さんも、模擬試合に賭けたんでしょう。結果はどうでしたか」

行彦は身を引き、光太郎のくちびるに息を吹きかけるようにして尋ねる。不満げな表情が返ってきた。

「当たったけど、たいした配当金じゃなかったな。……緒方か」

「そうです。今度、遊里に『依頼者』を案内することも聞きました。あなたは行かないでくださいね。……そういう類《たぐ》いの依頼は、断ってはどうです」

「男の悩みなんて、似たり寄ったりだ。……行彦、少し、黙ろう」

「……話しているほうが、不自然じゃないでしょう」

消灯時間は過ぎたが、隣の部屋の緒方たちもまだ起きているはずだ。物音や声が響くかも知れない。

「じゃあ、話題を変えてくれ」

「どのような？」

肌に吹きかかる息がくすぐったい。行彦は笑いながら身をよじった。光太郎のくちびるが頬をたどって首筋へ向かっていく。

「もっと色っぽいこと、とか」

鼻先を擦りつけるようにされて、行彦はなおも細く笑った。

「いけませんよ。稚児役はしません」

「そう言わずに……。優しくするから」

肩に回った光太郎の手に強く引き寄せられる。浴衣の裾が手荒く乱され、男の指が遠慮のない動きで差し込まれた。いつになく強引だ。

行彦は驚いて戸惑ったが、光太郎の動きは素早い。

「光太郎さん……っ」

内ももをかすめた指は想像よりもずっと熱かった。行彦は驚いて身をすくませる。いつもの戯れとは違う雰囲気に、心臓が早鐘を打つ。

「……っ」

非難の声もくちづけに塞がれる。

光太郎の手が褌《ふんどし》をたどって奥へ進み、行彦は声をこらえて身をよじった。逞しい肘先に布越しの竿がこすれ、やわらかなふぐりも刺激される。

わずかに腰が引き上がった瞬間を逃がさず、指が割れ目に添い、布地をぐっと押された。

「ふっ……」

行彦は思わず、目の前の浴衣に取りすがった。光太郎の息が耳元をかすめる。

「おまえの声は甘いな……」

「……それは、あなたも同じで……あ、あっ……」

なおも指で押され、行彦は腰を引き上げた。力を抜けば、光太郎の肘先に股間を擦りつけてしまうことになる。膝立ちで逃げようと試みたが、結局は追われてしまう。足の間にぴったりと腕が押し当たった。

「……こう、……ろ、さんっ……」

「うん」

鷹揚としたうなずきと共に、布地がずらされる。

「あっ……。くぅ……っ」

妙な声が出て、行彦は目を見開いた。恥ずかしさで肌が熱くなり、息が浅くなる。直に触れてくる指は、そこが排泄器官であることを忘れているかのように優しく円を描いた。

「そ、んな、ところ……っ」

菊の花のようなすぼまりを、光太郎はなおも丁寧にいじる。

「力を、抜いて……。行彦」

花びらをもてあそぶ仕草で撫でられ、行彦はぶるぶると首を振った。屈辱を感じる隙もなく、欲情に濡れた光太郎の声に圧倒されてしまう。

抵抗らしい抵抗もできず、腰をわずかに振ってみたものの、下半身を光太郎の肘先に擦りつけるだけになって、すぐにやめる。

何が嬌態《きょうたい》になるのかもわからないまま、行彦は肩へと取りすがるより他に術《すべ》もない。

「行彦……、指先を……いい？」

肩に胸を押し返され、下半身から腕が離れる。行彦はとっさにかぶりを振った。嫌だと意思表示をしたが受け流される。

光太郎は、自身の指をくちびるに含み、唾液《だえき》で濡らした。抱き寄せられ、行彦は動揺した。

「ま、待って……。こんな……っ」

とっさに思い出したのは、文机の引き出しに入っている宗之の手紙だ。しかし、そのことは口にできなかった。

「緒方に……聞かれて、しま……」

変わりばえのない言葉で拒んだが、本気で逃げることはしない。自分の意志の弱さをなじるのも一瞬に過ぎず、あとはもう光太郎の動きに意識のすべてを奪われた。

「……俺以外の名前を口にするな。いまは……」

膝立ちになった行彦の胸元に、光太郎の息がかかった。

乱れた浴衣の裾へ両手が入り、片方の尻肉を掴まれる。すぐに濡れた感触がして、ふたたび中心を押された。

行彦は短く息を飲む。身体がぶるっと震え、一瞬だけ力が抜けた瞬間、光太郎の指先に突かれた。

「あぁ、きついな……」

感嘆とも取れる声で言われ、行彦の身体は一気に火照る。だれと、何と、比べているのか。怒りに近い嫉妬が湧き起こり、光太郎の首筋に腕を回してしがみつく。

それを許しと取ったのだろう。光太郎が指を動きだした。くにくにとすぼまりが押され、浅い抜き差しが始まる。

「あぁ……っ」

小さく声を上げ、行彦は強く目を閉じる。身体の内側で光太郎を感じ、その先で滲みだす快楽に気づく。それは、光太郎を指で愛撫するときとは違う種類の歓びだ。

光太郎の指でいじられている。ただそれだけのことに興奮を覚え、ともすれば流されてしまうような自分に戸惑った。男同士が繋がるための場所であることは行彦も知っている。だから、光太郎の本気も悟ってしまう。

これではいけないと思い、本家に対する恩義を必死に思い出そうとしたが、脳裏に浮かぶのは光太郎のことばかりだ。高熱に浮かされたときのように、意識が朦朧《もうろう》としてくる。

「……抜いて、くださ……っ。こんな……、ぁ……っ」

「思ったより狭いな」

「女と同じわけがないでしょう。……光太郎さん、本当に、もう……」

「痛いの？」

心配そうに顔を覗き込まれ、行彦はこくこくと素早い仕草でうなずく。この際、納得してもらえるなら、嘘でも思いつきでも何でもいい。理性を根こそぎ奪おうとする指の動きをやめさせたかった。

「……嘘はいけないな」

光太郎の声がふっと低くなり、行彦の頬に手のひらが押し当たる。指は抜けなかった。それどころか、また少し、入り込む。

「……はっ、ぅ……」

違和感の強さに、行彦の息が引きつれた。

「行彦。中が……、すごく、熱い……」

熱っぽいささやきにくちびるをなぶられる。すべてを押し流す興奮が、行彦の心を占めた。行彦は抱いてやりたいと思っていた光太郎が、匂い立つような男の欲を露わに迫ってくる。行彦は自分の願望が間違っていたことを思い知らされた。

男だから、好きな相手を夢想すれば股間が疼く。それはつまり、抱きたいからだと思ってきた。しかし、光太郎に対しては、真逆の欲望だ。

行彦の長いまつげが不安に揺れ、指先は戸惑いでわななないた。

「……っ、ん……」

くちびるが触れ合い、舌先が潜り込んでくる。それも拒めず、か細い息を吐いて目を伏せた。

もう、何も考えられない。

「おまえが……」

つぶやいた光太郎の鼻先が、行彦の鼻梁《びりょう》をそっとかすめる。続きの言葉が聞き取れなかった。

遠くから、どぉんっと大きな音が響いたせいだ。

互いの身体がビクッと跳ねた瞬間、鳴り物が続く。陽気なデカンショ節が、やたらな大声で始まった。

ストームだ。気づいたのと同時に、光太郎が身体を離した。敷いてある布団の真ん中を横切り、部屋の隅に立てかけてあった木の棒を手にする。それを斜めにして、木戸が開かないように壁へ沿わせた。

突発的に行われるストームをやり過ごす方法はいくつかある。寮の部屋から逃げ出すか、乱《らん》痴気騒《ちきさわ》ぎの仲間に加わってしまうか。もしくは、迎え撃って大暴れするか。

寮内は禁酒と定められているので、ほとんどは酒の一滴も飲まないまま歌い踊って暴れ回る。

鬱屈《うっくつ》を発散させるには悪くない手段だが、勢い余って硝子が割れたり、備品が壊れたりするのが問題だ。

しかし、ストームを禁止にすれば、今度は血気盛んな学生たちの小競り合いが頻発して、これもまた怪我の元になる。

「あなたも参加したらどうですか」

ガタガタと木戸が鳴らされるのを聞きながら浴衣の乱れを直した行彦は言った。秘所をいじられた違和感はまだ続いているが、動揺を見せるわけにはいかずに虚勢を張る。

「……無意味だ。これは、青春の鬱屈なんてものではないんだから」

答える光太郎の声にかぶせるように、隣の部屋から山下の怒鳴り声が響いた。うっかり侵入を許したらしい。

歌声がいっそう大きくなり、行彦たちの部屋の木戸もいっそう強く叩かれた。

「おい、そこは若さまの部屋だぞ!」

低い怒鳴り声が聞こえる。

「あぁ、大変だ!」

ゲラゲラと笑い声が続いた。うっかり踏み込み、光太郎に寝技をかけられた学生から、この部屋は避けろと噂が広まっているのだ。この頃ではよほどの酔っ払いでない限り、素通りしていく。

ドタドタと廊下を走り回る音が聞こえ、鳴り物と歌声は近くなったり遠くなったりを繰り返す。まだ始まったばかりで、いつまで続くのかは参加者たちの体力次第だ。

寮にいても眠れないのだから、外へでも出ようかと、行彦は壁に掛けたマントへ手を伸ばす。

その腕を光太郎に掴まれた。

「……今夜は無理ですよ」

眠るには騒がしすぎると言ったつもりだったが、見つめてくる男の眼差しに熱を感じた。その意味はすぐに理解できる。行彦は首を左右に振った。

拒む仕草を、光太郎の両手に止められた。

「今夜でなければ、困る……。気が変わるだろう」

「そんなものは、もうとっくに変わっていますよ」

壁に追い込まれ、くちびるが塞がれる。

「……んっ」

光太郎は激しかった。肉感のあるくちびるが何度も押し当たり、二人の息が乱れてもつれる。

「……行彦。……行彦」

せつなげに呼びかけられ、心がほだされる。

「……手を貸しますから」

そう言って伸ばした手が引っ張られ、古畳の上に敷いた布団へと押し倒された。のしかかってくる光太郎は、勢いで押しながらも乱暴ではない。

「したいんだ。……中へ、入りたい」

熱っぽく見つめられて、顔を背けた。肯定も否定もできるはずがない。いじられた違和感を引きずる行彦の身体も疼いた、
心はもうすっかりと囚われて、何を差し出してもかまわないほどの貪欲が目覚める。

まっすぐで凛々しい光太郎が可愛く思えて、彼に触れるすべてに嫉妬したことを思い出す。女のところになど、通って欲しくなかった。だれのことも、好きにならないで欲しかった。そのためなら、女のように抱かれることも厭《いと》わない。

これは愛だ。精神的な繋がりのために、肉体的快楽を伴って互いを分け与う。そうして成立しうる魂の交歓を、行彦はただ純粋に求めた。

言ってしまえば、光太郎の望みなら、何でも叶えてやりたくなったのだ。

「……いい？」

甘えるように優しく問われ、行彦は激しい墜落感を味わった。年上ぶった思索が吹き飛び、本家に対する恩義や、宗之の期待をも忘れてしまう。自分を縛るすべてが虚しく消え去った。

ただ一人の人間として堕ちながら、行彦は溢れ出す感情に息苦しさに喘いだ。

光太郎の両手は、行彦の耳のそばに置かれている。肘先が布団に伸び、髪を軽く引かれた。嫌だと、建前は喉元まで出かかっている。なのに言えず、行彦は腕を持ち上げ、光太郎の背中を抱いた。指先が逞しさを感じ取り、喘ぎがくちびるからこぼれる。

二人で布団の中へ潜り込み、浴衣を乱しながら足を絡めた。やがて行彦の身体はうつぶせに促され、裾がたくし上げられる。すでに緩まった褌の端がよけられ、指が肌に這う。

「……あっ」

小さく上げた声は、部屋の外の騒がしさにまぎれる。だれかが怒っていて、デカンショ節は寮歌に変わっている。かと思えば、別の方向から聞こえるデカンショ節が交じった。

狂乱とした混沌が、部屋の外で渦を巻いている。引き換え、部屋の中は静まり返り、布団の中は蒸すほど熱い。

伏せた体勢の腰が持ち上がり、恥ずかしさに震えたのと同時に尻が掴み分けられた。次の瞬間、生温かい肉片が割れ目に這う。

「……ひぁ、っ」

自分の腕にくちびるを押し当て、行彦は声をこらえた。濡れた舌があらぬ場所に這い、舐《な》められ、差し込まれ、激しい違和感と一緒に興奮が湧き起こる。

「あっ、は……ぅ……」

そんな場所を他人に晒したことはない。もちろん、舐められることなど想像もしなかった。けれど、めまいを感じるほどの羞恥によって、けだるい快感が呼び起こされる。光太郎の息づかいが肌にかかり、舌の端から指が押し込まれた。

ずくりと深く刺さり、驚いた行彦は逃げようと前へ出る。すかさず腰を引き戻され、潜り込んだ指がいっそう奔放《ほんぽう》にうごめいた。

「あ、あっ……はっ……」

息を殺し、布団の端を掴んだ。顔を伏せて目を閉じる。

恥ずかしくてたまらず、もう嫌だといまにも叫び出しそうな気分がした。

「行彦……、行彦……」

繰り返し呼びかけてくる声は切羽詰まり、指が性急に動いた。ほぐされているようであり、引っ掻き回されているようでもある。

木戸につっかえ棒をしていても、いつ何どき、だれが乱入してくるかわからない。それなのに、二人は行為をやめられなかった。

光太郎の息が激しくなり、硬い棒状の先端が押し当たる。いよいよ挿入が始まり、行彦は呻いた。

布団に顔を押しつけ、その端を強く握る。大きく膨らんだ亀頭がめり込むのがわかった。恐怖心を振り払うように息を吐く。ぐぐっと押され、圧倒的な質量がねじ込まれる。

「……ぁ、はっ……ぁ」

耳元に注ぎ込まれる光太郎の苦しげな息づかいに、行彦は身悶えた。抱いているのか、抱かれているのか、まるでわからなくなる。

理性が危うくも繋がっているのは、大きな声を上げたくないと思う一心からだ。だれにも知られず邪魔をされず、このまま、光太郎を受け入れたかった。

「ゆき、ひこ……」

力強い男の指が腰を掴み、どちらともなく息を詰めた。押し込まれ、飲み込まれ、共通した窮屈さに身悶える。

「あ、ぁ……」

行彦は震えながら息を吐いた。

「行彦……、苦しいだろう」

問いかけてくる光太郎も息を乱し、興奮をこらえている。動きだしたいのを必死に我慢しているのだ。

ゆらゆらと揺らされ、行彦は途切れ途切れの呼吸を繰り返す。布団を掴んだ指に光太郎の手のひらが重なり、衿《えり》を引き下ろされた首筋へ、くちびるが這った。

「こう、たろ……さっ……」

ゾクッと震えが走り、かぶりを振る。汗で湿った髪は音も立てない。

「先端だけだ。無理はしないから」

安心させようとする光太郎は息を整え、それでも切羽詰まった声で言った。激しく前後に振るのではなく、じれったいほどゆっくりと腰が揺れる。行彦のすぼまりに嵌《は》まった亀頭は、前にも後ろにも動けず、締め上げる環をほぐすように小刻みな律動を繰り返した。それすら、興奮の火種になるのは、肉体が繋がっているからだ。

お互いが、悪ふざけではなく性交だと、この行為を認識している。

「光太郎さん……っ」

たまらずに名前を呼び、片手の指を絡める。

「あっ、ぁ……はっ、は……ぁ」

「こんなに、気持ちがいいなんて……。行彦……」

首筋を強く吸われ、行彦の腰がガクガクと震える。慣れない体勢でのしかかられ、男の体重を受け止めきれない。

行彦が崩れ落ちると、光太郎の身体は折り重なるようにぴったりと合わさった。引き下ろされて露わになった行彦の背中に、汗で濡れた光太郎の胸が添う。息はますます乱れ、言葉は意味を成さなくなる。

抱かれているのだと実感しながら、行彦は遠く、吠《ほ》えるような歌を聞く。やたらに張り上げた声は若さを弾けさせ、ひとときの興奮が渦を巻いている。

いまだけのことだと、行彦は心に刻んだ。

いまだけ、このモラトリアムの期間だけ、人知れずに、この男を好きでいるだけだ。終われば手を放す。きっと、放す。だから、この瞬間だけはすべてを捧げたい。

光太郎のためではなく、報われない恋に落ちていく自分のためだ。

「光太郎さん……」

甘く呼びかける声に溢れる恋情を、行彦はもう隠さなかった。

そして、できることなら、知って欲しいと願う。この、口にできない想いを悟って欲しい。

行彦がいだく光太郎への気持ちは、友情ゆえの愛ではなく、はっきりと肉欲を含んだ恋情だ。

どこを取っても高尚ではないが、ひたすら真摯に深く想っている。

年下の男の欲情に身を委ね、荒れ狂うような恋に身を投じた行彦は、声をこらえていられることが不思議なほどの快感に打ち震えた。

＊＊＊

三日が過ぎて、行彦はつくづくと思い知る。

あれから、交わすくちづけは色を変えた。くちびるを吸い合い、舌を絡めると、濡れたような赤い情慾が渦を巻くのだ。これまでの無色透明なやりとりは、大人の真似をしているだけの戯れだったとはっきり悟った。

行彦は長いまつげを伏せ、くちづけの終わりにまぶたを開く。同じタイミングで見つめてくる光太郎は、ほんの少し困ったような、それでいて眩しげな表情を浮かべた。

身体を重ねたことさえなかったように振る舞う光太郎は靱い。欲に溺れたところはなく、ふとした瞬間に目が合えば、行彦が呆然としてしまうほど、やわらかく微笑んだ。持ち前の屈託のなさに凛々しさが混じって、やはり胸が掻きむしられるほどに魅力的だ。

かと思うと、その隙を見て、行彦の皿の料理を取ったり、手元のまんじゅうをかじったりして逃げていく。成功したいたずらに勝ち誇る横顔を睨み、行儀の悪さをたしなめても、こぼすため息は生ぬるい。

「進まないのか。行彦」

図書閲覧室の隅で、光太郎が言う。行彦の隣に座る緒方も顔を上げた。

平日の授業がすべて終わり、自習のために集まった三人は六人掛けの長机を陣取って、それぞれ別のことをしていた。行彦は読みかけの本を読み、目の前の光太郎は何やら書き物を、そして緒方はノートを写している。

頬杖をついた光太郎は、もう片方の手で器用に鉛筆を回した。広々とした図書閲覧室には長机が十台以上置かれ、あちらこちらに学生が溜まっていた。騒がしくはないが、静かすぎることもない。

ときどき、どこかの机から笑い声が上がった。

「きみが手子《てこ》ずるなんて、相当、難しいことが書いてあるんだな」

緒方が言うと、

「独逸語の原書だ」

行彦の前に座っている光太郎が代わりに答える。

「……あぁ、本当だ」

身を乗り出した緒方が行彦の手元を覗き込む。げんなりした声をひそめた。

「白石は医者にでもなればいいよ。独逸語が堪能なんだから」

「そう、簡単に言われても……」

「行彦は、建築関係がいい」

戸惑う行彦をよそに、光太郎が言う。

「牧野の家は、木材の取り扱いもしているし、これからも西洋式の建物が増えていくだろう。技師の通訳なんかも向いていると思う」

「……白石の進路は、選び放題だものな」

「きみもだ、緒方」

笑った光太郎は、牧野家の御曹司として道が決まっている。米の仲買や材木の買い付けを行う稼業を継ぐのに必要なのは、学歴と知識、そして多種多様な交友関係の伝手だ。将来を切り開く必要はなかった。

光太郎に言われた緒方は、気障な仕草で髪を掻き上げ、肩をすくめる。

「僕は適当にやるさ。学者という柄でもないし、政府の仕事のおこぼれでももらえるといいけどね」

「それなら、仏蘭西語《フランスご》をもう少し真面目にやればいい」

行彦が言う。緒方は顔を歪めた。

「……白石に言われるとつらいものがあるな。みんながみんな、きみのように語学に長《た》けているわけじゃない」

「外国の女性はグラマラスで美しいのに」

光太郎がぼそりとつぶやく。緒方は聞き逃さず、背筋を伸ばした。

「それもそうだな」

「何が、そうなのか……」

肩をすくめた行彦は、何げなく光太郎と目を合わせる。緒方の女好きにも困ったものだと目配せを交わし合い、その名残がふっと甘く絡むのを感じた。

視線が離せなくなる一瞬が到来して、光太郎がゆっくりとまぶたを動かした。そっけなくならないように気を使われた気がして、行彦はくすぐったい気持ちになる。

行彦から視線を転じた光太郎は、緒方に話しかけた。

「今度の期末試験のヤマだけど、そろそろノートをだれに頼むか、決めておきたい」

「あぁ、そのリストを作っていたのか」

試験のヤマ張りとノートの転売は、なんでも屋の仕事のひとつだ。

試験範囲の中から出題される部分を予測し、優秀な学生のノートを集めて謄写版《ガリばん》を作る。なんでも屋一番の稼ぎだと言ってもいい。

「予定を組もう。教授への探りも手分けする必要があるな」

「行彦も手伝ってくれるんだよな？」

「いまさら、よく言いますね。数に入れているくせに」

「数の問題じゃない。教授からの覚えは、行彦が一番なんだ。他の生徒が行ったって、手がかりすらもらえないよ」

「……白石。きみ、何だか、いい匂いがしないか」

「え？　何？　ちょっ……」

話の腰を折った緒方が、いきなり肩へ近づいてくる。くんくんと匂いを嗅《か》がれて行彦が戸惑うと、緒方は不思議そうに首を傾げた。

「柑橘《かんきつ》をポケットに入れているとか？」

「柑橘？　そんなものは入っていないよ」

答えながら、学生服のポケットを叩いてみせる。

「どんな匂い？　嫌だな」

「いや、いい匂いだよ。甘酸っぱいような」

もっと嗅ごうと緒方が腰を浮かせる。その瞬間、眉をひそめた光太郎が何かを投げた。

「いたっ……」

頬のあたりを押さえた緒方が飛び上がる。周りを見渡し、床に手を伸ばした。

「……団栗《どんぐり》だ」

手のひらに拾い上げた木の実は、黒く焦げて皮が割れている。

「光太郎さん。また団栗を食べているんですか」

行彦が軽く睨むと、光太郎はそっけなく、つんと顎を逸らした。

「山下にもらったんだ」

頬杖をついた横顔は妙に拗ねた雰囲気だ。

寮の中には、食べられるものなら何でも保存しようとする学生一派がいて、緒方と同室の山下も名を連ねている。彼らは、休みのたびに胡桃《くるみ》や団栗を拾い備蓄していた。

「そんなことはどうでもいい。まったく、何が気に入らなかったんだ」

団栗つぶてを投げつけられた緒方は不満げにぼやき、椅子に座り直す。拾った団栗の殻を手早く剥いて、ひょいと口に入れた。

その視線が一点で止まり、行彦と光太郎も顔を向ける。長机のそばに生徒が立っていた。

ぴょこんと、小動物の動きで頭を下げたのは背の低い少年だ。黒い髪がさらさらと音を立てるように流れ、やわらかそうな丸い頬に大きな瞳がくりっと輝く。

「一年の飯田《いいだ》と申します。あの、ご相談に乗っていただきたいことが、ありまして」

ところどころで言葉を詰まらせ、ごくりと喉を鳴らす。

「それは、なんでも屋への依頼ってこと？」

緒方が明るい声を返した。こういうときほど、緒方の軽薄な口調が役に立つ。

光太郎の隣の席を勧められ、飯田は何度も頭を下げながら椅子へ腰を下ろした。

「受けるかどうかは依頼の内容を聞いてからだ。お代もそれから決める。かまわないね？」

緒方が説明をする。飯田はこくりとうなずいた。

「手紙の返事を、書きあぐねていて……。できれば、代筆……いえ、内容を考えていただければ、と」

「それじゃあ、白石の担当だな」

緒方が身体を引き、隣に座る行彦を示した。小さくうなずいて、飯田へ声を掛けた。

「代筆でないということは、家族への知らせかい？」

「いえ……、何というか……。代筆では失礼じゃないかと思ったので」

言いながら、折りたたんだ紙を机の上に置く。

「見てもいいの？」

光太郎が手を伸ばすと、飯田はハッとしたように息を飲んで振り向いた。こくこくと、何度もうなずく。

「……あぁ、なるほど」

中身に目を通した光太郎は、回し読みの許可を取ってから行彦に差し出した。背筋を伸ばした飯田はうつむき、行儀よく膝の上に手を置いている。

幼さを感じさせる頬は、うっすらと紅潮して見えた。

手紙に目を通し、行彦はすぐに緒方へ渡す。

「……三年の矢口《やぐち》さんか」

最後まで目を通した緒方がため息交じりにつぶやいた。

「ずいぶんと大胆な付け文を書いたものだ。文才があるとは言えないけれど」

手紙の内容はいわゆる恋文だった。飯田に対する一方的な想いの丈が、これでもかと書き連ねられている。かなり情熱的で、ゆえに背筋が凍りそうになる執着が感じられた。

年長の三年生が、入学して間もない一年生へ送るには、直接的で配慮に欠けている。

「これじゃあ、夜の散歩もままならないだろう」

光太郎もため息をつく。緒方から手紙を引き取った行彦は、飯田に向かって尋ねた。

「実害はないんだね」

「はい、いまのところは……。なるべく一人にならないようにしています。ただ、この前のストームの夜、部屋に侵入されて……いえ、何もなかったんです。でも、手紙は読んだかと、返事をしつこく迫られて……」

飯田の話を聞き、緒方と光太郎が同時に唸《うな》った。どちらも学生服の前で腕を組み、光太郎は天井を仰ぎ、緒方は顎を指先で撫でる。

「自分で返事を書くと、怒らせてしまいそうで……。何か、良い案があれば教えていただけないでしょうか。このままでは、ぼく……」

肩をふるっと揺らした飯田の顔は真っ青だ。その背中に、光太郎が手を添えた。

「話は聞いたから、心配ないよ」

年少者に対する優しい口調に、飯田が顔を上げる。つぶらな瞳が潤んでいるように見え、行彦の胸がちくりと痛む。

矢口から言い寄られるだけあって、飯田は可愛らしい顔をしている。眉目秀麗《びもくしゅうれい》な光太郎の隣に並ぶと、一対の人形のようで、そのまま記念祭の出しものにできそうな雰囲気がある。さしずめ『贋作《がんさく》・雛人形《ひなにんぎょう》』といったところだろう。

悪乗りが大好きな高等学校では、不思議と女装が喜ばれる。去年は行彦が流行小説の女主人公の格好をさせられそうになり、断るのに緒方と光太郎を引き込んで大変な騒動になった。

懐かしい記憶に慰められ、行彦は気持ちを入れ替える。飯田に向かって微笑んだ。

「きみが書くより、私が代筆するのが良さそうだ。お代はいらないよ」

「身に覚えのあることだものな」

緒方が飄々《ひょうひょう》としたふうに軽口を叩く。そして、飯田に対して言った。

「彼……白石には、僕と、そこにいる牧野がついていたんだ。きみにも、同じようにしよう」

「お礼はします。金銭がいけなければ、他に、どんなことでも」

「……簡単に言うものじゃないよ」

行彦は笑いながら首を傾げた。飯田の瞳は、やはりきらめくように潤んでいる。思わず見つめてしまうような魅力があった。

大きく息を吸い込んだ飯田の肩から力が抜ける。そうして、本当の笑顔を浮かべた。

「あぁ……、相談して良かった。どうぞよろしくお願いします」

光太郎よりも一年若いだけなのに、眩しいほどの美少年だった。

数日後の夜。光太郎と緒方に付き添われた飯田は、行彦が代筆した手紙を矢口の部屋まで届けに行った。

光太郎が戻ったのは、消灯の時間まであとわずかという頃だ。緒方は挨拶の声だけ残して隣の部屋に去る。

「どうでした？」

すでに寝支度を整えていた行彦は、浴衣に綿入れを着た姿で文机にもたれた。読んでいた本には栞を挟む。

「渡してきただけだから、どうということもない」

答えた光太郎が学生服を脱ぎ始める。

「二人が付き添ったことはわかるようにしなかったんですか」

「いや、わざとらしいのもよくないから、離れたところで見ていただけだ。おまえが書いた手紙なら、冷静に読んでくれるだろう」

「署名は入れていませんが……」

「目が合ったから、関わっていることはわかっていると思う」

行彦に背を向けて着替え、寝間着の浴衣に帯を締める。衣服をたたんで部屋の端へ積み、行彦のそばで膝をついた。

「そうじっくり見られると、妙な気分だ」

言われて初めて、自分が着替えの一部始終を見物していたと気づかされる。慌てた行彦は、激しくまばたきを繰り返した。

「すみません。失礼を……」

「どうして、慌てるんだよ」

光太郎はひっそりと笑い、行彦の首筋に触れる。

互いの裸は、この一年と少しで、すっかり見慣れていた。着替えもするし、町の公衆浴場にも一緒に出かけるのだ。

行彦は押し黙り、うつむいた。冬の季節は、寮の部屋の窓も閉め切り、出入り口の木戸も開けない。まったくの密室の中で光太郎に触れられている歓びが、ふつふつと湧き起こる。

悪いことだとわかっていた。もはや導き手の範疇《はんちゅう》を超えて、行彦はただの、恋に溺れる愚かな若者に成り下がっている。年上の自分が理性を効かせなければ、二人は袋小路に迷い込むばかりだ。

そう思いながら、どうせ一過性の熱病だと言い訳も並べ立てる。

だれにも知られなければ、咎められることもない。二人だけの秘密で終わる話だ。

「おまえに見られると、どうにも緊張する」

「何を、そんな……。風呂にも行くではありませんか。昨日も」

「……俺は直視できなかった。触れたくなるもの、なぁ」

吐き出された息は熱っぽく、光太郎の腕に引き寄せられた行彦は目を伏せた。こめかみにくちびるが押し当てられ、浴衣の胸元へと指先が忍び込んでくる。

「あっ……」

素肌をかすめて乳首を探られると、弾む息が声になった。自分でも恥ずかしいほどに甘く感じられ、まるでねだるようだと悔しくなる。

「行彦……、また後ろに触れてもいい？」

胸元をまさぐる光太郎の指を浴衣の上から押さえ、身をよじらせて逃げる。

消灯点呼の声が聞こえていた。すぐに、この部屋にもやってくる。

「次があるなら、あなたが下になる順番です」

笑いながら窓辺へ逃げると、真正面の木戸が音を立てて開いた。名前を呼ばれ、返事をする。点呼係の生徒は、木戸を閉めずに次の部屋へ向かう。それが慣例だ。不満にも思わず、行彦は素早く立ち上がった。

出入り口から顔を出し、廊下の左右を見る。特に異変はなく、点呼係二人の背中が見えるばかりだ。次々と木戸を開いては呼びかける声が聞こえてくる。

板張りの床はしみじみとした冷気を放ち、行彦は震えながら木戸を閉めた。

「光太郎さん。綿入れを羽織るか、布団に入るか、してくださいな。風邪をひきますから」

声を掛けると、光太郎は素直に布団へ入っていく。ぽんぽん、と隣の布団の端を叩いた。行彦の寝床だ。

「私はもう少し、本の続きを……」

そう言ったが、光太郎は黙ったままで寝床を叩く。まるで犬猫を呼ぶような仕草だが、親を呼ぶ子どものようにも見えてくる。

甘えているのかと思うと胸が苦しくなり、あきらめて部屋の灯りを消す。穂高寮には電気が通っていたが、使うことができるのは夜の数時間だけだ。消灯の時間が来ると、主電源が切られてしまう。

綿入れを脱いだ行彦が自分の布団へ入ろうとすると、光太郎が身体を起こした。

「こっち……」

腕を引かれ、たやすく誘われる。くちびるが近づき、静かに吸い上げられた。胸が疼き、いっそしがみつきたいと思う。しかし、思うだけで実行には移せなかった。

「……今度、二人で温泉へ行こう。ゆっくり、山でも眺めて……」

光太郎のささやきは、友人への誘いではなかった。言葉にしなくとも、裏が読めてしまう。行彦も同じことを考えている証拠だ。寮では落ち着いて語り合うことができない。だからこそ、外に宿を取り、そして……。

行くとも行かないとも答えることができず、行彦はうつむいた。くちづけから逃れた背中が抱きしめられ、しばらく二人ともが黙り込んだ。綿入れを脱いだ背中が、光太郎の体温で温められていく。

「おまえは温かいね」

光太郎がしみじみと言った。いっそう強く抱かれ、腰の裏あたりに硬くなった下半身が押し当たる。それだけで、行彦の息は乱れた。

ゆるやかに情慾が募り、苦しいほどに股間が張り詰めていく。

外では木枯らしが吹き、硝子窓がカタカタと音を立てる。光太郎がなかなか動きださず、行彦は焦れた。こらえようとする息が弾み、それを聞かれている恥ずかしさに、肌がいっそう熱を帯びる。

「光太郎さん……」

呼びかける声の中に潜む欲情を隠しきれず、行彦はさらにうつむいた。

【3】


午前中の授業が終わり、教室の中にざわつきが戻る。

教科書をひとまとめに持った行彦は窓の向こうへ目を向けた。

裸木にちらちらと雪が降りかかっている。今年最初の雪だ。

「光太郎さん、雪ですよ」

光太郎の席へ寄って声を掛けると、窓の外へ視線を向けた光太郎の頬がゆるんだ。

「うん？　あぁ、本当だな。去年より早いな」

「そうですか？　また寒くなりますね」

「今年の俺は平気だ」

そう言って、意味ありげに行彦を見る。何を言おうとしているのか。首を傾げたところで気がついた。思い出せば、おのずと身体が熱くなる。

行彦は睨むこともできずに顔を伏せた。交渉には節度を持ち、頻繁には行っていない。だからこそ、口づけの記憶さえ特別になる。

机に肘をついた光太郎は、行彦の頬が色づくのを眺めて満足そうだ。

「意地が悪い……」

行彦がようやくつぶやいたところへ、いかにも機嫌が良さそうな緒方が近づいてくる。

「緒方は雪が好きだな」

光太郎が立ち上がり、さりげなく行彦を隠そうとする。

「牧野は寒がりだものな。……白石は」

そこで言葉を途切れさせた緒方は、わざとらしく肩をすくめる。表情を引き締めた行彦は視線を上げた。

「なんだい、言ってごらんよ」

「……いいや。やめておく」

行彦を見るなり視線を逸らした緒方は、含みのある微笑みでかぶりを振る。色の白い行彦の肌を雪になぞらえようとしたことはわかっていた。嫌味たっぷりにため息をつき、緒方をいっそう見据える。

「好きで色白に生まれたわけじゃない」

「長所だ」

黙って聞いていた光太郎が、真顔で言い切る。そして続けた。

「色が白いだけに、血が上ると、桜の花びらのような肌の色になる。みんな、おまえを怒らせたいんだ。……良くないぞ、緒方」

たわいもない言葉だ。光太郎の率直な物言いは、これまでと変わらない。

冗談めかして叱《しか》れば良かったが、二人の情事を胸に秘す行彦は、今日に限って黙ってしまう。

光太郎が今年の寒さは平気だなどと、おかしなことを言ったせいだ。

三人の間に妙な沈黙が広がり、光太郎がさりげなく視線を動かした。

微妙な空気を緒方に悟られまいと、行彦は慌てて息を吸い込んだ。光太郎を睨みつけたところで、教室の入り口から怒鳴り声が飛び込む。

「牧野！　牧野はいるか！」

床を踏み抜く勢いで、芋《いも》のようにでこぼこした顔の三年生が入ってくる。声は大きく、教室に残っていた生徒が軒並み振り向く。飯田に言い寄っている矢口だった。

光太郎をかばおうと動いた行彦の身体へ、緒方がぶつかってくる。そのまま、二人して、光太郎に押しのけられた。

駆け寄った矢口が腕を振り上げる。

事態を見守っていた同級生たちのだれかが声を発した。

拳が空を切り、押しのけられた机が音を立てる。光太郎が殴られたかと息を詰めた行彦は、向かい合わせに立っている緒方の身体の向こうを覗いた。

机にぶつかったのは矢口だ。振り下ろした拳を光太郎に避けられ、勢いで転倒したらしい。

何事かを喚きながら椅子を蹴り飛ばして立ち上がる。

「落ち着いてください、矢口さん」

冷静な光太郎の声に、相手はますます激昂《げっこう》した。頭に血が上った顔は、紅潮を通り越して赤黒く見える。

「……矢口さん！　手紙を書いたのは、私です！」

行彦が叫んでも、矢口の耳には入らない。光太郎を一心に睨んだまま唸っている。

「俺は、こいつが気に食わないんだ！　あ、あいつに、何を吹き込んだ！　くそ！」

汚い言葉で罵《のの》りながら光太郎の胸ぐらを掴みかかったが、やはり、かわされてしまう。喧嘩慣れしている光太郎は、いつもの癖で相手の足を引っかけそうになり、慌てて身を引く。その隙を突いて、矢口が突進した。

光太郎ごと床へ転がり、揉み合いになる。矢口は馬乗りになって殴りつけようとしていたが、これまでと見切りをつけた光太郎の動きは早い。見守る行彦と緒方が息をする間もないままに、矢口の腕を取り、寝技を決めてしまう。

矢口はもがいたが、簡単にはずれるような技のかかりではなかった。

「……直情がすぎるから、飯田を怯えさせるんですよ」

光太郎は息のひとつも乱さずに言う。

「友情の押し売りならまだしも、愛情の押し売りは暴力のひとつだ。年上が配慮すべきです」

責める口調で諭《さと》し、ぐっと腕に力を入れる。

「光太郎さん、そこまでにしてください」

行彦が声を掛ける。緒方も割って入った。

「まだ続けるなら、道場へ移動しましょう。矢口さん」

「続けるもんか！」

矢口は猛烈な勢いで叫び、拘束をゆるめた光太郎を押しのける。

「おまえのような男に、何がわかる！　な、軟弱な！」

光太郎を怒鳴りつけ、腹いせに机をなぎ倒した。現れたのと同じ勢いで教室から飛び出していく。

「……軟弱だって、さ。牧野」

緒方が肩を揺らして笑いながら、机と椅子を元の位置に戻す。行彦も手伝った。

軟弱と罵った相手に寝技を決められ、苦悶の表情を浮かべていたのは矢口だ。緒方のあきれた様子にうなずきながら、行彦は光太郎へ向かって言った。

「あなたの遊里通いを知ったのでしょう」

騒がしさの戻った教室を見渡すと、息を飲んで見物していた野次馬たちが潮の引くように消えていく。

「いまは品行方正だ」

学生服についた埃を払いながら、光太郎は苦々しく笑った。

「こういうことがあるから、人の噂にならないようにしなければならないんです。いい経験ですね。……怪我はしませんでしたか」

突撃されたのだ。どこか、打ちつけたかも知れない。

振り向いて微笑んだ光太郎が口を開こうとする。そのとき、教室へ飯田が駆け込んできた。

「……牧野さんっ」

脇目も振らず光太郎の前に立ち、胸を押さえて息を切らす。

「矢口さんに、何か……っ」

されませんでしたか、までは言葉にならない。

「牧野さんに相談したって言ったら……っ、あの人、急にいなくなって。まさかと思ったんですけど……っ。友人が……っ」

教室での騒動を聞き、急いで駆けつけたのだろう。前髪は汗でしっとりと濡れている。

「何も。平気だ」

光太郎は両手を開いて小首を傾げる。危なかったのは矢口だ。手加減がなければ、もっと痛めつけられていた。

「矢口さんは柔道部の選手で……」

ますます不安そうに顔を歪めた飯田に向かい、光太郎は胸を張る。

「俺にも、柔道の心得はある」

「そうなんですか。知りませんでした」

飯田のつぶらな瞳が輝き、表情はたちまちに明るくなる。

「寝技の達人だ」

緒方が口を挟み、机に腰掛けた。

「畳の上でも、布団の上でも……」

そんなことを言いだしたのは、飯田があまりにも真摯に光太郎を見つめているからだろう。

「緒方。やめないか」

行彦は鋭くたしなめた。相手は一年生だ。

しかし、飯田の目には、緒方も行彦も映っていなかった。

「柔道部には所属されていらっしゃらないようですが」

光太郎に向かって尋ねている。

「練習に明け暮れる気にならなくてね。試合には出るよ。なんでも屋に持ち込まれた依頼なら」

「必勝請負人は、牧野さんのことなんですね」

身体の小さな飯田にとって、体格と練習量がものを言う高校柔道は憧れなのだろう。ますます瞳を輝かせて身を乗り出す。

二人の柔道談義が始まり、緒方が行彦を手招いた。誘われて、教室の外へ出る。

「先に、食堂へ行ってるからな」

緒方が振り向いて声を掛ける。光太郎は肩を開いて、行彦を見た。一緒に移動しようとした様子だったが、高揚した表情で話し続ける飯田に呼ばれ、仕方なしに視線を戻した。

うっすらと積もった初雪は翌日に消え去り、秋がまた一段と深まる。

里よりも早く冠雪を迎えていた北アルプスの峰を眺め、外国人教師が独逸語で語る登山の話に耳を傾けていた行彦は、遠くから響いてくる騒がしい声に足を止めた。着物の袖が揺れる。

中年の外国人教師は眉を跳ね上げてニコニコと笑った。

まるで仔犬のようにじゃれ合いながら、複数の学生が走っている。行彦たちがいる場所から陸上部が練習する校庭を隔てた向こう側だ。そこに光太郎の学生服姿を見つけ、行彦は微笑んだ。

ひょろりと背の高い山下も一緒にいるのが見え、余暇を利用して木の実を探しに出ていたのだとわかった。

はしゃいでいるところからすると、農家から栗を分けてもらえたのだろう。

行彦が独逸語で説明すると、外国人教師は丸い腹をさらに突き出すようにして笑い、今日の話はここまでにしようと言った。

校庭の向こうで、行彦に気づいた光太郎が大きく手を振っている。

先に外国人教師が手を振り返し、行彦は丁寧な挨拶を述べて頭を下げた。それから、袴と下駄で校庭を一気に駆け抜ける。途中で陸上部に所属する友人に声を掛けられ、振り向きながら手を上げた。

仲間を先に行かせた光太郎は一人で待ち、行彦が速度をゆるめると、わざとらしく両手を広げて見せる。

「飛び込んでおいでよ」

満面の笑みで言われ、行彦は髪を掻き上げながら肩をすくめた。

「嫌ですよ。恥ずかしい」

「みんなが見てなかったら、しただろう。ぐるぐる回してやったのに」

「楽しいですか？　そんなことをして」

冷たい素振りで言いながら、飛びついてみたかったと本心では思う。抱き上げられて見つめる光太郎を想像すると、胸の奥がぎゅっと熱くなる。

「食堂で何かもらって、ホールで飲もう。向こうの村まで行ってたんだ」

「栗ですか」

「うん。今年は豊作だっていうから、みんなで手伝って、たくさんもらってきた。山下たちが保管するから、声を掛けるといいよ」

話しながら食堂へ向かう。自治を掲げる高等学校では、食堂の運営も寮総代率いる寮委員の手に委ねられていた。松川高等学校では、町の料理屋と契約を交わし、朝昼晩の食事と軽食が販売される形式だ。支払いは掛け払いで、一ヶ月後に精算される。

「光太郎さん」

人のいない道を曲がる途中で呼び止めた。

「うん?」

振り向いた光太郎が腰を屈める。ふいに顔が近づき、行彦は慌てて身を引いた。

「あなたは、何を……。あちらを見てください」

手のひらで頬を押しやると、不満げに眉を跳ね上げた光太郎が横を向く。

「あぁ、飯田か。あいつ、何をしてるんだ」

体勢を戻し、光太郎は眉をひそめた。行彦が呼び止めたのは、飯田の行動がどこかおかしかったからだ。何度も振り返りながら歩いているが、寮へ戻ろうとしているのか、学生ホールへ向かおうとしているのか。まるで道に迷っているかのような動きだ。

「光太郎さん。あそこに、矢口さんが……」

行彦が木立の陰を指差すと、光太郎はため息をついた。次の瞬間には、もう駆けだしている。その背中を駆け足で追いながら、行彦は飯田を呼んだ。すると、小さな身体が栗鼠《りす》のように飛び上がる。キョロキョロとあたりを見回した。

「こっちだ! こっち!」

光太郎が手を振り回すと、木立に隠れた矢口があとずさった。飯田は一目散に駆けてくる。

「すみません、助かりました」

光太郎に頭を下げ、追いついた行彦にも会釈《えしゃく》をする。視線はすぐに光太郎へと戻った。

「つきまとわれているのか」

「ときどき……。どうしたらいいのか、わからなくて」

愛らしい顔立ちの飯田は、戸惑ったようにくちびるを噛む。あどけない子どもっぽさが守ってやりたくなる雰囲気だ。

「どうしたら、って……。いっそ投げ飛ばしてやればいい」

光太郎が軽い口調で答え、目を大きく見開いた飯田は両手を振り回した。

「とんでもない！」

それはそうだと思い、行彦は二人の間へ入った。身体の小さな飯田が、矢口を投げ飛ばせるわけがない。

「無茶を言わないでください、光太郎さん。……矢口さんにも困ったな。そのうちにあきらめると思うけど……。直接、意図を聞きましょうか」

光太郎へ相談する。

「聞いて話すぐらいなら、飯田だって困らないだろう」

「そうですね……。じゃあ、また手紙……？」

「いえ、大丈夫です」

飯田が慌てふためいて首を振る。

「何をしてくるわけでもないんです。あきらめがつくまで、見つめさせてくれって、そう言われていて」

「……いいの、それで」

行彦は眉をひそめた。まるで少女にも見える飯田が不憫《ふびん》に思えて顔を覗き込むと、その視線がすいっと光太郎へ向いた。

「ときどき、そばにいてもらえませんか。お代は払います。用心棒とまでは言わないので」

「それは……」

光太郎の視線が、行彦に伺いを立ててくる。その意味がわからず、首を傾げて返した。

「一緒に行動するぐらい、かまわないのではないですか」

向こうが勝手に誤解すれば、横恋慕に嫌気が差してあきらめるのが早くなるかも知れない。

「行彦が、そう言うのなら」

「私は関係ありませんよ。なんでも屋の仕事でしょう」

明るく答えたが、光太郎を見上げる飯田の清々しさに気づき、にわかに気持ちが沈んだ。

「よかった……。牧野さん、お世話になります。白石さんも、ありがとうございます」

飯田の声は尻すぼまりに小さくなる。それを不思議に思う間もなく、学生ホールの方角から戻ってきた学生が飯田へ声を掛けてきた。友人なのだろう。元気よく応えた飯田は小動物のようなお辞儀を二回して、くるりと背中を向けた。そのまま、走りだす。

「あの逃げ足なら、平気そうに思うけどな」

光太郎が肩をすくめて笑うのを聞き、行彦も愛想程度に笑ってみる。しかし、光太郎へ向けられた飯田の表情を思い出すにつけて、心は沈む。

「どうした？」

光太郎に顔を覗き込まれ、行彦は顔を背けるようにして歩きだした。行く先は食堂だ。

「行彦。置いていくなよ」

背中から声が追ってくる。

「……飯田はやっぱり愛らしい顔立ちをしていますね」

隣に並んだのを確認して話しかけると、光太郎は楽しげな笑い声をこぼした。

「おまえも、そんなことを思うんだな。目が大きいからじゃないか？　……行彦は奉公に来たときから、完成されたような、きれいな顔だった。切れ長の目に憂いがあって、それが印象的で」

「進学をあきらめて、悲しかったんです」

「だろうな。事情を聞いて、察した」

「光太郎さんが、地方校を希望してくれなかったら、私はいまも本家で働いていたでしょうね。感謝しています」

「……おまえのためだ。ない知恵を絞ったんだ」

「そんな冗談は、信じません」

言いながらも、行彦の胸の奥は温かくなる。

「……光太郎さん、そういえば、もうそろそろではありませんか。去年、村の子どもたちが話していた、案山子《かかし》の行事」

飯田の話題から逃れたい一心で話を変える。光太郎は疑問もいだかずに、行彦の話題に乗った。

「あったな、そんな話……。今年は誘ってくれるって話だったな。いつだったか……」

「食堂で聞いてみましょう。地元の人なら知っているはずだ」

「そうだな」

笑った光太郎が、歩きながら身を屈める。行彦の顔を覗き込んできたが、道の先から学生たちの集団が歩いてくるのに気づくと、わざとらしいほど顔を歪めて姿勢を正した。

くちづけをするつもりだったのかと視線を向けたが、歩調を速めた背中が見えるだけだ。

行彦は自分のくちびるを拳の裏で押さえた。風が吹き抜け、木立が揺れる。枯れ葉のざわめきを見上げると、色づいた葉の間から秋の澄んだ空が覗いていた。

行彦の脳裏に、光太郎を見つめるときの飯田の眼差しがよぎる。胸の奥がまた重くなり、溢れ出しそうなため息を奥歯で噛みつぶした。

＊＊＊

「矢口さんが夢中になるのもわかるんだ」

行彦がつぶやくと、校舎にもたれた緒方も中庭にある桜の大木を眺めた。

「牧野と並ぶと余計に絵になるものなぁ」

大木の幹にもたれているのは学帽学生服の光太郎で、向かい合わせに立った飯田も同様の姿だ。どこか前のめりの姿勢で、身体が光太郎へと傾いでいる。

「牧野は罪作りだね。そう思うだろう、白石。矢口さんの嫉妬に火をつけて……」

「そうだね」

他に返事のしようもなく、廊下の窓に肘を預けて、ぼんやりと返す。矢口のつきまとい対策のため、光太郎を避難場所にするよう勧めたのは行彦自身だ。

それを知らない緒方が、振り仰ぐように顔を向けてきた。校舎の床と中庭の地面では高さが違う。

マントを着た緒方は、学生帽のつばに指を添えて言った。

「遊里に通うのと、美少年との恋。どっちがましだと思ってる？」

「……まぁ、美少年かな」

行彦は物憂く答えた。

硬派を気取る男色は一過性の熱病で済むが、軟派な遊びには、望まぬ妊娠がついて回る。責任を取れるならばいいが、相手が玄人となるとそうはいかない。結局、双方の心に傷を残す結果になる。

だから、男色にことさら意味が付けられ、精神性の高い恋愛などと謳われる。プラトーン的瞑想だ、魂の共鳴だ、果ては純粋な人間愛だと言いだすのだ。しかし、実際の関係は、フィジカルに終始すると、学生たちは知っていた。

光太郎と交渉を持つようになって、行彦もつくづくと思い知るようになった。

本を読めば読むほど、広範囲に知識を深めるほど、行彦の中にある光太郎への思慕は肉欲そのものだ。触れると嬉しく、触れられるとせつなく、快楽に対する欲ばかりが募る。

不純がすぎるのではないかと悩む行彦は、中庭を見据えた。枯れ葉を落とした桜の枝は黒々として、無数の指先が広がりを求めているようだ。

芸術的な墨絵にも見え、その下で向かい合う光太郎と飯田の姿に、胸の奥がよじれた。

燃えるような苦しさが湧き起こり、光太郎に飛びかかった矢口を思い出す。彼の激情が理解できるような気がして、わずかに気が滅入った。

行彦は口を開き、緒方へ話しかける。

「飯田のように美しい少年が相手なら、プラトニックに徹するのかな……」

口にした言葉が己の胸へ刺さり、行彦は愚かさに気づいて顔を歪めた。

外に立っている緒方の視線が、ふたたび桜の木へ向かう。

「白石は、そういう考えか。僕は違うな。未分化な性としての少年を愛《め》でることは自己愛の延長だよ。幼稚さの肯定じゃないか。本当の愛情は、相手を他人だと認め、肯定することだ。理解すればするほど、孤独になるのが愛だ」

「きみにそういう相手がいるようには見えないな」

光太郎たちから目を離して、行彦は身を屈める。いたずらに責めると、緒方は身体ごと窓へ向き直った。

「慎重にやっているだけだ。肉体的な交歓と、魂による交歓は違う。そうそう巡り逢えないからこそ、相手を探しているのだし、こうやって思索を続けるんだ」

「それじゃあ、緒方はどうして女のところへ行くんだ。気持ち良くなりたいから？」

「そうだよ」

悪びれることなく、あっさりと答えた緒方は、男女間の恋愛に慣れた顔つきで微笑んだ。

「もやもやしたものを慰めてもらえば、頭の中もすっきりする。僕は部活動なんかよりも、女の身体に発散を求めるのが向いているんだ」

「うそぶくなぁ、緒方は。格好がつきすぎて、恐ろしい」

「山下にも同じことを言われるんだよなぁ。そのうちに刺されるから、気をつけろって、こわい顔をしてさ」

「それはないだろう」

行彦は笑って答えた。緒方は遊び人だが、紳士的なあしらいにも長けている。行彦には理解できるが、同室の山下には理解ができず、心配しているのだ。

「あんまり心配をかけるなよ。山下も身体ばかり大きな男だ。気は小さい」

釘《くぎ》を刺すため、緒方の目をじっと覗き込む。

顔を近づけても嫌がることなく、にやりと笑った。

「わかってるよ。……なぁ、白石。もしかして、牧野があの子にプラトニックな想いをいだくと、思っているのか？　まさか本気で考えているんじゃないだろう」

「ありえない話ではない」

「飯田が愛らしい顔をしていることが理由なら、おかしな話だ。牧野の好みは彼じゃない。自分の顔を鏡で見たことがあるだろう」

緒方から、からかうような微笑みを向けられ、行彦は柳眉《りゅうび》を歪めた。

見たくないと思いながら桜の木へ視線を戻す。

飯田と別れた光太郎が、中庭を大股に突っ切ってくるところだ。途中で東尾に掴まり、二、三、言葉を交わしてから駆けてくる。

「悪いな、山下と約束があるんだ。それじゃあ」

合流するのを待っていた緒方が手を振りながら光太郎と入れ替わる。

「何を話していたんだ。ずいぶんと、楽しそうだった」

光太郎に問われて、行彦は小首を傾げた。たいした話ではないと答えながら、あなたこそと返しかけてうつむく。

「行彦。これから出かけよう。十日夜《とおかんや》の案山子上げは今日だ」

校舎の窓に手をかけた光太郎から、眩しいほどの笑顔を向けられる。行彦は驚くのと同時にたじろいだ。

食堂の従業員に確認したのに、すっかり忘れていた。

「飯田は誘わないんですか？　いまからでも呼べば……」

「一緒に連れていく気なら、さっき誘ってるよ。二人でいいだろう。さぁ、早く」

急かされて、校舎の途中にある昇降口で落ち合った。

寮の部屋へマントを取りに行き、光太郎と連れ立って出かけたのは、歩いて三十分ほどのところにある農家だ。小学校に通う子どもがあたりに多いので、遊んでやったり、勉強を見てやったりしているうちに、祝いごとや祭りに呼ばれるようになった。

旧暦の十月十日は、稲の刈り上げを祝う行事が行われる日で、長野《ながの》では、田畑の案山子を引き上げて庭へ立て、かぶせていた笠を燃やして作った焼《や》き餅《もち》を供える風習が伝わっている。

新暦となってからも、月の満ち欠けと関係の深い行事はいまだに旧暦での計算だ。

特に、十五夜、十三夜、十日夜は、明治五年の改暦に関係なく昔のまま行われていた。

去年の秋はまだ知らず、今年こそは呼んでくれるようにと頼んでいたのだ。

道の途中で、待ちきれずに迎えに来た子どもたちが駆け寄ってくる。

遅いから学校まで行くつもりだったと口々に言われ、まとわりついてくるのを一人一人相手しながら歩く。

光太郎はマントを行彦へ預け、両脇に小さい子を抱えたりして騒いだ。子どもたちはキャッキャッと叫んで喜ぶ。

途中に柿の木を見つけると、光太郎が木に登って実をもぎ、稲穂の波が消えた田圃《たんぼ》を眺めながら、いくつかの柿を順番に回してかじりつく。

行彦の柿は渋かったが、気づいた光太郎の手が伸び、素知らぬ顔で自分の柿と取り替えた。

「いいんですよ。光太郎さん。私が選んだ柿ですから」

「まずそうな顔して食べるだろう。見ていられないんだ」

光太郎はそう言って、からりと笑う。

行彦は眩しさを覚えて目を伏せた。渡された柿は熟して甘く、同じ木になっていたとは思えないほど味が違う。

ほんの一瞬、光太郎の祖父のことも、飯田のことも忘れた。

光太郎を愛することも、それによって侘《わび》しさを感じることも、頭の中から押し出してしまう。

農家で餅の振る舞いを受け、月の出を待つうちに酒も出された。今年の稲は育ちが良かったようで、子どもたちの親も朗らかに上機嫌だ。

喜びを分かち合い、ほろ酔い気分のほんわかと温かな気持ちで帰路につく。

灯りはいらなかった。広々とした田畑の中の一本道は星月夜に照らし出され、二人でふらふらと歩いて帰る。

寮の夕食は食べ損ねたが、餅や芋を出されて腹は膨れた。どちらともなく寮歌を歌いだし、上機嫌に身体を揺らす。

光太郎の肩がぶつかり、行彦も肩をぶつけた。肩を組んでも、ごく普通のことだ。田舎の道には人影もなく、歌声は遠くまで響いていく。

春にもこうして歩いたと思い出し、夏もそうだったと目を細めた。

たった一年のまたたく間に、光太郎は少年の幼さをかなぐり捨て、青年へ変わったのだ。女を知って男となったが、それを大人になったとは言わないだろう。行彦もまだ、自分を大人だとは思わない。

中途半端で、気ままなモラトリアムだ。子どもと大人の境を行き来して、過ぎ去るものを少しでも多く身の内へとどまらせようと躍起になっている。

「案山子には、田の神が宿るといいますね。だから、餅を供えるのでしょうか」

「田の神は、春に山から里へ下りて、案山子に宿る。これからまた、山へお帰りになるんだろう。……ねぎらいなんだろうな、餅は」

「山にまだ色づきが残っているといいですね」

行彦が言うと、光太郎は静かに微笑んだ。高等学校の敷地を取り囲む塀が見えてくる。その向こうには、影になった北アルプスの稜線が峰を描いていた。

「……葉がなくても、雪が降るだろう」

肩をそっと引き寄せられて、行彦は顔を向けた。間近にある光太郎の横顔をまじまじと見た。きりりとした太眉が精悍で、ただ素直に心が惹かれる。

見つめられていると気づいた光太郎の頬がわずかにゆるむ。振り向かずに口を開いた。

「……雪降れば……冬ごもりせる、草も木も……」

声の調子で、和歌を諳《そら》んじているのだとわかる。光太郎への想いで心をしっとりと濡らしていく行彦は記憶を探った。そして、続きを口にする。

「……春に、知られぬ……花ぞ咲きける」

危うくも下の句を受け、ほっと安堵の息をつく。

「古今和歌集《こきんわかしゅう》ですね」

「うん、そうだ。……風が冷たくなってきたな。少し、冬ごもりをしてから戻ろう」

光太郎に言われ、行彦は首を傾げる。意味がわからずにいると、光太郎は学生服のポケットから大きな鍵をひとつ取り出した。

「温室の鍵だ。東尾さんに融通してもらった」

中庭で呼び止められたときのことだろう。鍵の受け渡しをしていたのだ。合点がいった行彦は、冷たい夜風を避けて月見ができると喜んで誘いに乗る。

しかし、夜の温室へ忍び込んでから、密室に二人きりだと気がついた。寮の部屋でも二人だが、生活空間でもあるから、どうしても緊張感に乏しくなる。

改めて二人きりになる密室は、秘めごとの気配を感じさせて落ち着かない。自分だけのことかと戸惑いを持て余して光太郎を見る。扉を閉め、内側のかんぬきをかけているところだった。

やはり浮き足立っているのは行彦だけだ。途端に恥ずかしくなり、気を落ち着かせようと、月明かりが差し込む硝子張りの小さな温室の中を見回した。

土と草木の匂いを感じ取ると、少しだけ気持ちが落ち着く。二人きりだからといって、特別なことがあると思わなければいいのだ。

棚には園芸部の育てる観葉植物や盆栽の鉢が並び、さらに奥は土が耕され、草木が直接に植えられていた。

その一角に、ひっそりと床机台《しょうぎだい》が置かれている。

「まるで知らない世界に迷い込んだような気分ですね」

幻想的だと言いながら振り向くと、すぐそこに光太郎がいた。マントに包まれた腕を引かれ、抱き寄せられる。

ほんのりと酒の匂いがするくちづけは遠慮がちで、なぜか、息さえもひそめてしまう。互いのマントが揺れる音さえ聞こえそうなほどの静けさに包まれ、どこからともなく聞こえる虫の声に耳を澄ます。

光太郎のくちびるは温かく、ついばむ仕草はくちづけに慣れている。それが繰り返したやりとりの成果だとは思えず、行彦は身体を逃がした。

自分ではないだれかの影が、慣れた口づけに見えるような気がしてしまう

「……久しぶりに、したような気がします」

顔を覗き込まれる気配がして、いっそううつむいて肩を逸らす。

「そうか。……そうだな」

間を置いた返事に、行彦はわずかな違和感を覚えた。

光太郎にとっては違うような口調だ。この数日間、二人はくちづけを交わしていない。そのことにいまさら気がついたような物言いに、行彦の胸はざわめいた。

自分としなかった間の相手は飯田なのかと問いかけそうになり、みっともないほどの嫉妬だと気づいて口をつぐむ。床机台に近づき、腰を下ろした。

「行彦……」

追ってきた光太郎の声にさえ、嫌気を感じた。

あれほど温かい気持ちが溢れていた心はしぼみ、案山子上げに誘われたのも、飯田が断った

からではないかと勘繰った。しかし、それでもかまわないとすぐに思い直す。牧野家のため、光太郎が悪所通いで身を持ち崩さなければ、行彦は役目を果たしたことになるのだ。相手が美少年であれば、女に溺れるのとは違い、別れ話で揉めずに済む。

「悪酔いしたのか？」

目の前に立った光太郎の指が頬を撫でて、顎の下へと回される。床机台に座った行彦は、顔を上げるように促された。

「いえ、違います」

無感情に答えた行彦の心に、意地の悪い感情が差し込んだ。光太郎の洋ズボンに手を伸ばす。本音と建前は真逆の感情だった。驚いたような気配は無視して、ボタンをはずしていく。

「……こういうことでしょう」

もうすでに硬さを持ち始めているものを引きずり出す。これみよがしに指を絡め、しごきながら顔を上げた。ほのかな月明かりの中に、困ったような顔で眉をひそめる光太郎が見えた。積極的な行動は軽蔑されるかと思ったが、行彦が握っている男根は脈を打って跳ね、ぐんと育つ。

性的な交渉を持つようになって初めて、光太郎を憎いと思った。それなのに、胸の疼きは止められず、気持ちはいっそう強く傾いていく。

飯田の愛らしい笑顔が脳裏をよぎり、行彦はあやふやな二人の関係を危惧《きぐ》した。

自分とは肉体的な関係を結びながら、精神的な部分で飯田を選ぶこともありえるのではないかと考えてしまう。

だとしたら、子どものできないことでなければ差がつかないと、行彦は本心を露わにした。

「……行彦っ」

驚いた光太郎が息を詰めて腰を引く。

光太郎の先端へくちびるを寄せた行彦は、片手で男の腰を引き寄せた。胴は鍛え上げられて逞しいが、突起は快感にまだ弱く、正直な反応を返す。

「ん……」

床机台に座った姿勢で身を屈め、光太郎の先端に息を吹きかけ、くちづける。それから、迷いなく舌を這わせた。髪が流れて、毛先が張り詰めた肌をかすめる。

嫌われるかも知れないと、また考えた。胸の奥が疼き、いたたまれなさが込み上げたが、どちらにしても飽きられて終わるのなら、原因のあるほうがあきらめもつく。

飯田の美少年ぶりに比べられて選ばれるとも思えず、行彦はこれきりになるかも知れない愛撫をあけすけにぎこちなく繰り返した。

想いの丈は、自分の胸の中にだけ溢れ、この行為を恥ずかしいことだと感じる余裕もない。

「……っ、はっ……ぁ」

「行彦、そんな……。これは……」

嫌がるように身をよじらせても、光太郎の腰は昂ぶるばかりだ。

行彦が舐めるたびに脈を打ち、欲望の胴回りは、口に含むことが憚られるほどに太くなる。

光太郎のマントの中に潜り込むように身を屈めた行彦は、片手で彼の学生服の裾をたくし上げて押さえ、もう片方の手で根元を掴み支えた。先端を舐めて舌を離し、意を決して口に誘ってみる。

歯が当たらないようにするのは難しく、大きくくちびるを開いた分、舌の行き場所がなくなる。そして、問題は息継ぎだ。

鼻で吸って吐いたが、今度は唾液が溢れる。飲み込もうとすると、舌が勝手にうごめいた。

光太郎のくびれを舐め回すような動きは、している行彦もどうかと思うほど淫《みだ》らだ。

「……く、ぁ……っ」

感じ入った光太郎の声が降りかかり、行彦は目を閉じる。静かな温室に、無心になって奉仕する息づかいが響いた。そこへ、光太郎の弾む息と、虫の音とが交じり、卑猥さが増す。

ゆっくりと頭を前後に動かして吸いつき、行彦は夢中になっていく。そうしていなければ、うまくできないのだ。

少しでも深く飲み込もうとすれば、喉が突かれてえづきそうになり、浅い息しかできずに頭が朦朧としてくる。

それでも、太く張り詰めた欲望を愛する感覚は、淫靡な快楽を行彦に与えた。

たった一度だけ身の内に入ってきた亀頭の感触が、口腔内の粘膜とこすれ合う肉の硬さと重なる。

あの夜よりも深く差し込まれたら、いまよりも、もっと光太郎を感じ取れる。そして、光太郎の息づかいも欲望も、行彦のものになるはずだ。身体を繋いだ瞬間だけの淡い交歓だとしても、行彦にとっては永遠に忘れることのない記憶になる。

初めて愛した人だ。

すべてが欲しい。

朦朧とする思考に浮かぶ、たったひとつの答えに、行彦はぞくりと震えた。

「ん、く……んっ、ふ……っ」

口の中に溢れた唾液をすすり上げるような音を立て、光太郎の肉をしどけなく舐めしゃぶる。

飯田に向けるようなプラトニックな愛でなくていい。世俗に塗れたフィジックな発散でかまわない。

心が通い合わないのなら、せめて肉体だけでもと切望して、行彦は潤む瞳を強く閉ざす。

「あぁ、行彦……。行彦」

せつなげにかすれる光太郎の声に、明らかな欲情が兆す。

行彦の気持ちはいっそう揺さぶられ、滲んだ涙が目尻を濡らした。

「俺だけなんて、だめだ……行彦」

突然、光太郎が逃げようとして腰を引く。行彦は追いかけ、床机台からすべり落ちて地面へ膝をついた。じゅるりと音を立てて吸いつくと、光太郎の身体は小刻みに震えだす。

指先で髪に触れられ、行彦は視線を上げた。頭部を掴まれると思ったが、光太郎の指は動かなかった。まるで触れることを戸惑うように、宙を掻くばかりだ。

物足りないのだろうかと不安に感じたが、光太郎はあきらかに興奮している。行彦は屹立《きつりつ》の裏側にねっとりと舌を這わせ、光太郎の苦しげな表情を受け止めた。精悍な眉と眉の間には、男らしい苦悶の皺《しわ》が刻まれている。

快感はもう極まっているのだろう。先端から先走りが溢れ、行彦の舌先も甘い体液の味を感じる。

「……くっ、……ぅ」

わななくように震える光太郎の腰を両手で掴み、行彦は取りすがるようにしがみついた。深く誘い込む。

「んっ……ん……」

苦しさを覚えた行彦の瞳から、また涙がこぼれていく。ぎゅっと閉じた目元に、戸惑うような光太郎の指が這う。

しかし、行彦は気づかなかった。喉の奥に達した亀頭が震え、猛々《たけだけ》しい屹立の全体も根元から跳ねたせいだ。淫らな愛撫を繰り返すたび、光太郎の熱が触れる口腔内の粘膜や舌は、淫靡な悦を得ていく。口淫をすることが、これほどまでに気持ちいいとは知らなかった。

浅い呼吸をしながら、行彦はうっすらと目を開く。

年上であることも、お目付役であることも、溺れていく恋情の中では意味を成さない。

涙が頬を伝い落ち、他に何を差し出せば、気持ちを繋いでいられるのかと考える自分の浅ましさが恐ろしくなった。それでも恋情は燃え立つばかりだ。

瞬間、光太郎の手が行彦の額へと押し当たった。

ずるっと半ばまで抜かれたかと思うと、口の中にほとばしりが溢れる。

「……う、は……っ」

せつなげにかすれる光太郎の声は、快楽の尾を引いて震える。すべてにおいて無防備になる瞬間を受け止めた行彦は、欲望に浸る男を見たい一心で薄く目を開いた。

濡れて滲んだ視界の中で、眉根を歪めた光太郎の姿は倒錯的に美しい。

飯田には渡したくなかった。

女にも男にも、光太郎を渡すつもりなどない。だから、身を差し出しもしたのだ。

「ごめん、行彦……」

口の中に放ったことを謝り、光太郎は慌てながら手拭いを差し出してくる。行彦はぐっと感情をこらえた。

欲しい言葉は謝罪ではない。そう訴えたくなって震える。

破滅的な感情が身の内に溢れ、昂ぶる股間を押さえつけて隠す。疼きは激しく、理性さえも食い尽くそうと高まっていた。

＊＊＊

恋というものを、人はいつ、どんなふうに知っていくのか。

次から次へと文献に手を伸ばしても、答えは見つからない。言葉は文字の羅列に過ぎず、どれほど的確であっても、未知の感情や体験を実証することはできない宿命を背負っている。

貴重な休日の一日を寮の部屋で過ごすことにした行彦は、ぼんやりとしながら壁にもたれていた。

開けっぱなしにした硝子窓と木戸の間に冷たい風が流れ、しんとした静かな空気を感じる。

一人きりは楽だった。心を隠して笑う必要もなければ、飯田と笑い合う光太郎を見ることもない。

ときおり聞こえてくる寮生の笑い声に耳を傾け、深呼吸を繰り返す。

光太郎といるときの孤独に比べれば、一人でいる孤独など知れている。もっと慣れることができれば、せつなく溢れ返る嫉妬の感情を制御できるのではないかと思えた。

あの夜から、行彦はずっと苦しいままだ。自慰を手伝おうとする光太郎を拒んで、行彦は一人で温室を出た。いつのまにか飲み下してしまった吐精の味は覚えていない。

自分の中に渦を巻く暴力的なほど後ろ暗い感情がこわかった。それは嫉妬に加えて破滅願望をも含んでいる。いっそ、学問の道など捨ててしまいたいとまで思い悩み、それでどうやって身を立てるのかと自分自身をなじる。

行ったり来たりの問答は、奉公を余儀なくされたときと似ていた。家族を捨てて、自分だけが書生として進学する。そのことに夢を見たが、そうやって得た道をだれが喜ぶのかと思えば、あきらめるよりなかった。

「春に、知られぬ……花ぞ咲きける……」

袴姿の行彦は死んだふりをするつもりで目を閉じる。

案山子上げの帰り道を思い出した。あの瞬間までは確かに、自分自身でいられたと思う。恋や愛を明るい感情として認識していたし、何も見失ってはいなかった。

「……風流だな」

開けた出入り口から声がして、行彦はゆっくりと視線を向けた。

学生服にマントをつけた緒方が、木戸に肘先を預けて立っている。洒落《しゃれ》た仕草だ。生まれながらの伊達男にはよく似合う。

「上の句は、どんなふうだった?」

尋ねられて、行彦は窓の外を見た。生きているのかと、当たり前のことを考え、景色に向かってうっすらと笑みを浮かべる。

「雪降れば、冬ごもりせる、草も木も……春に知られぬ、花ぞ咲きける。古今和歌集だ」

「へぇ……。牧野が好きそうだな」

緒方の言い方はさりげない。けれど、行彦の頬は引きつった。

「お堀端で見かけたよ」

「飯田と一緒だっただろう。あの二人は、最近、いつも……」

「矢口さんのことがあるからだ。飯田は、なんでも屋の依頼料を払っているじゃないか。……受け取っていないと思っているの？　案外、子どもっぽいことで怒るんだな」

「怒ってなんて……」

からかうような声で言われて、勢いよく振り向き、これこそ子どもっぽい反応だと悟った。

「……それなら、近頃の不機嫌の理由は他にあるのか？」

緒方が部屋に入ってくる。

「この部屋は、外よりも冷えてる。ひどいね」

窓硝子を閉めてから行彦へ近づき、身を屈めた。和服の袖ごと二の腕を掴まれる。

「おいで。隣に移動しよう」

「いや、私は一人で……」

「つまらないことを言うものじゃないよ。そういう孤独はろくなことにならない。相談しろとは言わないからさ。与太話でもしよう」

強引に腕を引かれ、行彦はのろのろと立ち上がった。すっかり寒さに慣れてしまい、身体は冷えて固まっている。

動くことすら億劫《おっくう》になっていたが、緒方に背中を押されて隣の部屋へ入った。

七輪《しちりん》を前に暖を取りながら本を読んでいた山下が振り向く。

「やぁ」

挨拶は行彦へ向けられた。

「悪いけど、込み入った話があるんだ。彼らの部屋が空いているから移動してくれないか」

「ちょうど、暑くなってきたところだ」

山下はお安い御用と言い添えて立ち上がる。ひょろりと背が高い。

行彦の顔を何げなく見て、驚いたように目を丸くする。

「そんな薄着で出かけるんじゃないよ。くちびるまで真っ青だ」

いましがたまで座っていた座布団をひっくり返す。

「ほら、座れよ。きみが風邪をひくと、若さまが右往左往することになる。我ら庶民が迷惑をこうむるからね。はい、はい」

座布団の近くまで引っ張られ、両肩を押さえつけられる。されるがままに座ると、山下は満足そうな足取りで部屋を出ていった。木戸をきちんと閉める几帳面な男だ。

「みんな、牧野が好きだからさ。暗い顔をさせるのが嫌なだけで、本当はこれっぽっちも迷惑じゃない」

「知ってる」

答えた行彦は、また薄く笑った。白い肌がいっそうはかなく見えることに、本人だけが気づかない。長いまつげが震えるように動き、ため息は木枯らしのように古い畳の上を転がった。

「……光太郎さんの前では、普段通りだろう？」

小さな七輪に手をかざしながら聞くと、マントを壁にかけた緒方が笑った。

「どの普段のこと？　僕がいるときなら、そうかも知れない。でも、彼は気づいてしまうと思うよ」

行彦のそばにしゃがみ、ひとひねりされた薄紙を開く。中身は金平糖《こんぺいとう》だ。

「駄賃にもらったんだ」

「どこで？」

ひと粒摘まんで口へ入れると、あとふたつ、手のひらに押しつけられる。緒方は少し離れて座った。壁にもたれて、畳に足を投げ出す。狭い部屋はじゅうぶんに暖まっていた。

「お堀端のそばにある、三味線《しゃみせん》のお師匠さんのところ」

「また、きみは、そんなところに手を出して」

「人聞きが悪いな。三味線を聞かせてもらっただけだよ。帰りに菓子を渡されるなんて、子ども扱いもいいところだ」

　嘆いているようなことを言うわりに、表情は落ち着き払っている。嘘をつく気もないのだ。

「……緒方は、つらくなるような恋をしないいんだろうな」

　ため息交じりに言うと、緒方は軽快な仕草で髪を掻き上げた。

「苦しまない関係なんてないだろう」

　あっさり言って、金平糖を口に含む。

「情を交わすってことは、そういうものだよ。金で買えば、それがせつなく、触れることができなければ、それがせつない。会っても会えなくても、心が通じても、通じなくても。自分とは別の身体で生きてることだって、苦しく思うものだろう」

「……いちいち、そんなふうに、思っているのか」

　緒方の相手は一人ではない。その個人個人と恋をしているのなら驚くべき器用さだ。

「恋多き男は大変だな」

　行彦が言うと、緒方は鼻で笑った。

「恋ばかりならね」

「どっちなんだ。恋をしているのか、していないのか」

「だれに対しても真剣な気持ちでいる。その瞬間は。それだけのことだ。……白石は、つらいんだな」

緒方の声のトーンが低くなり、行彦は誘導尋問に乗せられたのだと気づいた。

しかし、いまさら慌てることはない。気持ちは沈みきり、だれかに話さなければ息をすることさえ苦しいほどだ。

「どうすればいいのか、わからない」

相手のことは口にしなかったが、行彦はめったに外へ出かけることがない。学校外で恋をしているとは思わないだろう。

「もう、つらい」

本音が転げ落ち、片手で目元を覆った。

「……考えすぎているんだ。ものごとを真正面から見るのは、よしたほうがいい」

「できないんだ。どうしたって、できない。視界には入ってくるし、頭の中はそのことでいっぱいで……」

「きみは、食事も喉を通るし、勉強もはかどっているだろう。認知の歪みにすぎないよ、白石。事実と理想が噛み合っていないだけだ」

緒方はせつせつと説いてくるが、自意識過剰な思念に囚われた行彦の耳には何も入ってこない。右から左へと抜けていき、心の中は、ままならなさに引き裂かれていくばかりだ。

「自分がこれほど嫉妬深いとは思わなかった」

「嫉妬をしてるのか」

「してる。それに、欲深くて、傲慢で……。何よりも、肉体ばかりが先走る」

「……きみが言うと、かなりの攻撃力だ」

「からかわないでくれ」

両手で拳を握り、顔を跳ね上げた。片手の中にある金平糖のことをすっかり忘れ、それと同時に、緒方に対して、想う相手を明かしていないことも忘れてしまう。

緒方は壁から背中を離し、行彦に向かってあぐらを組んだ。

「悪かった。……きみにとっては重要なことだ。それは理解しているよ。でも、人間として愛情を持つということは、自然、愛欲を肯定することだ。それをフィジックな劣情だと決めつけるのは、幼い理想論だと思う。性欲を超えた愛なんてものはない。あるとすれば、人間的な平等の下に快感を分かち合うという現実だけだ。理解できるだろう」

きみならばと熱のこもった視線を向けられ、行彦は、自分がどれほど思い詰めた顔をしているのかを悟った。

くちびるを震わせながらうなずくと、緒方もまた深く何度もうなずいた。

「普通に生活ができているように見えて思い詰めていく人間が一番危ないんだ。手に負えないほどの性欲に困っているなら、遊里へ行こう。悪所などと言わずに。慰めになる。……なぁ、きみ、自慰ぐらいはするんだろうな」

緒方は、自分の顎に指をあてがい、真剣な顔で首を傾げる。行彦は無表情に視線を逸らした。

答えたくないと態度で示したつもりだったが、緒方は勘違いする。

「知らないのか……」

放心したように息をつかれ、行彦は眉を吊り上げて睨んだ。

「知ってる！　知らないはずがないだろう。女だって、知っているのに」

「じゃあ、新しい方法を試してみればいい。例えば……、僕が手伝うとか」

無邪気を装った笑顔には、明らかな悪ふざけが含まれている。行彦はますます不機嫌な表情になって緒方を見据えた。憤りで肌が火照り、頬から首筋にかけて淡い紅色に染まる。

「いいじゃないか。僕は下心なんて持っていないし」

「からかうのはやめてくれ。殴るぞ」

「そうそう、そうだよ、白石。そうやって感情を表に出すんだよ」

そう言いながら、緒方が膝でにじり寄ってくる。完全にからかっている顔だ。あぐらを組んだ膝が掴まれ、立ち上がろうとした肩を押される。

「……緒方っ」

運動は苦手だと言うくせに、こういうときだけは機敏に動く。閨事の寝技へ持ち込む動作は、光太郎が柔道場で見せる動きよりも洗練されていた。

「静かに、静かに。隣の部屋には山下がいるだろう。大丈夫。自分のもので慣れているから」

「そんなことを、言いたいわけでは……っ」

開いた手のひらから、金平糖がこぼれ落ちていく。しかし、気に留める余裕はなかった。

足の上に乗られて、袴の紐《ひも》をほどかれる。あっという間に引きずり下ろされ、もがくほどに裾が乱れた。

「い、いやだ……」

手首を掴んで引き剥《は》がそうとしても、あっさり振り払われてしまう。どこにそんな力があるのかと驚いたが、緒方は何食わぬ顔で笑う。

「あとで、僕のも見せるから」

「いるか……っ！」

怒鳴り返した行彦の胸元が開き、着物が肩からずり落ちていく。

「……離れろっ。冗談に、なって……な……っ」

緒方の額が、鎖骨《さこつ》のあたりにぐりぐりと押しつけられる。やわらかな髪が跳ねるとくすぐったくなり、行彦は身をよじらせて笑いだす。

緒方もくすくすと笑った。まるで子ども同士の悪ふざけだ。

「もう少し、色っぽい声を出さないのか」

緒方に言われて、足をばたつかせる。

「注文をつけるな」

肩を掴んで押し返し、這い出そうと身体をひねったとき、木戸が開かれようとしていることに気づいた。ハッと息を飲んだまま、行彦は動きを止めた。

　木戸が細く開き、洋ズボンの足元が見える。山下が戻ったのかと、着物を押さえて視線を上げる。

そこにいたのは、ひょろりとした山下ではなく、逞しい身体つきの光太郎だった。よほど驚いたらしく、無表情に立ち尽くしている。

　ふざけていたのだと言えばいいだけのことができずに動揺すると、行彦の足に跨《また》がった緒方も光太郎に気づいた。

「戻ってきたのか。おかえり」

　剥き出しになった行彦の足へさりげなく裾を掛け直して離れていく。行彦は光太郎に背中を向けて立ち上がり、絣の着物を手早く直した。

「……何をしたんだ」

　問い詰めるような言葉は緒方へ向かっている。袴を穿きながら肩を引いて確認すると、静かにまばたきを繰り返した光太郎の凛々しい眉が神経質そうに震えていた。

「見た通りだよ」

　緒方のさらりとした言葉は説明になっていない。それどころか、誤解を呼ぶ言い方だ。思わぬ返事に行彦は小さく飛び上がった。

「何を、言って……っ」

「欲求不満だと、白石が言うからさ。楽にしてやろうと思ったら、くすぐったいって逃げ回られた。……覗きは遠慮して欲しいな」

わざと誤解させようとしているのか、緒方の言葉には苛立ちを隠した棘《とげ》がある。

行彦は喉の渇《かわ》きを覚えた。自分は会話のどこかで、恋の相手を口にしたのだろうかと不安になる。言わなかったはずだ。

しかし、緒方の返答はどれも行彦の気持ちをよく理解していた。

相手が女でも男でも、恋について話せば同じことになるのか。行彦には判別がつかない。年齢を重ねていても、恋事《こいごと》には疎い。緒方の比ではなかった。

青ざめた行彦を見て、光太郎の表情がいよいよ怒りの色を帯びてくる。

「行彦、無理を強《し》いられたのなら」

低い声で問われ、間髪入れずに首を左右に振った。

「違います」

冷静な声で答えたが、自分の代わりに光太郎が怒りを感じているのだと思うと嬉しかった。けれど、それも浅ましさに思え、胸が押しつぶされそうになる。

行彦はくちびるをかすかに震わせ、光太郎へ頭を下げた。

「みっともないところをお見せして申し訳ありません。でも、声ぐらい掛けてから、開けてください。……そんなに恐ろしい顔で緒方を睨まないで。……心配していただくようなことでは、ありません」

「同意があって、していた、ということか。これまでも？」

「……そうです。ふざけていただけです」

行彦は思い切って肯定した。嘘だったが、誤解が生じているのなら、そのままにしておきたかった。

他に相手がいるふりをすれば、光太郎が飯田を選んでも、みじめにだけはならずに済む。

「ちょっとした遊びだよ」

七輪に手をかざした緒方もうそぶく。光太郎の表情が強張り、こめかみが引きつる。

その背後から山下が顔を出した。

「餅をもらってきたぞ。ちょうど、四つだ。焼いて食おう」

三人の微妙な空気にはまるで気づかず、光太郎を押しのけて部屋へ入ってくる。手には小さな包みを持っていた。

「白石、顔色が良くなったな」

行彦の顔を確認して、安心したように破顔した。いったい、どこを見ているのか。山下の目は節穴だ。

「ほら、おまえたちも座れよ。何だ、若さま。こわい顔をして」

山下はのんきに光太郎を覗き込む。朗らかに笑い、腕を引いて七輪の前へ座らせる。

しばらくは不機嫌にそっぽを向いていたが、山下に世話を焼かれ、やがていつもの光太郎に戻っていった。

【4】

木枯らしが吹き、数日前に降った雪もまだ日陰に残っている。

寒さが強くなり、やがてまた雪が降る。そして、松川の町は積雪の季節へと入っていくのだ。

光太郎はいつも通りだった。緒方としていたことを改めて問いただされることもなければ、会話が減ることも、ぎこちない雰囲気になることもない。くちづけもしなかった。

二人の関係は、性的な関係を持つ前の気安さに戻り、行彦の肩からも力が抜ける。

緒方との関係を誤解した光太郎の興味は、完全に飯田へ向いてしまったのだろう。

二人が歩いている姿を見れば、行彦の心の奥は引きつれる。どす黒い嫉妬は胸にはびこっていたが、一時期よりは御しやすくなっていた。

初めから、ただの取引だったと思い起こせば、失っていく苦しみを感じなくても済む。片想いは片想いのまま、行彦の胸に打ち捨てられ、風化するのを待つばかりだ。

入ろうとした図書閲覧室に光太郎と飯田の姿を認め、行彦は踵を返した。

まったく同じ造りの部屋が向かいにもうひとつある。真ん中あたりの机を選んで座った。期末試験に向けての自習だ。

しばらくすると、東尾がやって来て、隣に腰掛けた。相変わらず、髭を小汚く伸ばしている。

「牧野は一緒じゃないのか」

「隣の部屋にいると思いますが」

行彦が答えると、東尾は首を傾げた。互いに、白シャツの上に着物を着て袴を穿いている。

「覗いたんだけどなぁ。いなかったんだ」

「寮の部屋に行かれてはいかがですか」

「いや、いいんだ。これを渡しておいてくれ。頼まれていたノートだ」

「あぁ、これは。ありがとうございます」

ノートの持ち主は東尾の友人だ。きれいな文字の秀才で、要点をまとめるのがうまい。

「ヤマは張れたのか？　おまえたちは、三学年分をやってしまうから恐ろしいな」

「自分たちの学年でないほうが、教授の口もなめらかです」

「白石に詰め寄られたら、だれだって言葉数が多くなる。この頃、暗い顔をしていると思っていたが……、気が晴れたようでよかったな」

「何の話ですか」

行彦が明るく笑い飛ばすと、それ以上は問わずに東尾は席を立った。

光太郎はまだ隣の部屋にいるのではないかと思ったが、心配して声を掛けてくれたのなら、東尾の優しさはありがたい。

この世に存在する人間が、光太郎と自分だけではないと思いたかったからだ。

そうしなければ、寮室で光太郎と二人きりになるたび、優しい絶望に囚われてしまう。片想いが朽《く》ちていくのを待つ哀しさは底なし沼だ。

東尾を見送り、自習に戻る。時間が過ぎるのは早かった。大きな窓の外が暗くなり、閉館の時間を知らせるハンドベルが鳴る。事務員が生徒たちの追い出しにかかった。

部屋の中がにわかに騒がしくなり、行彦も荷物をまとめる。帰っていく生徒の流れに逆らって、緒方が顔を見せた。

「一緒に戻ろう」

誘われて、図書閲覧室を出る。二人とも、マントを着ていた。十二月が迫り、山おろしの夜風は冷気を増した。今夜は特に、身を切るように冷たく、気温も低い。木枯らしの音がして、裸木の梢あたりでひゅんひゅんと音が立つ。

空は藍色《あいいろ》が深く、星がまたたいている。

「温泉に入りたいよなぁ」

緒方がどこか怒ったような口調で言う。季節に文句をつけているのだ。

「試験が終われば、思う存分に温泉三昧《ざんまい》だ」

行彦は笑いながら答えた。

「そこまで待てそうにない。……あぁ、そうだ。冬の休みは、東京へ帰るつもりかい？　よければ、うちで年越しをしよう。牧野も誘うから。来るだろう？」

「光太郎さんも助かるはずだ。さすがに東京までは遠い。来年の夏まで帰りたくないって話していたぐらいだ」

兄弟には会いたいが、冬の休みは短い。東京まで帰る電車賃は牧野の家が出してくれるものの、汽車と電車の長旅は途方もなく疲れる。光太郎の母に請《こ》われるまま、休みのたびに帰省したのもいけなかった。

「……実家へ帰れば、婚約させられてしまうし、ね……」

そう言いながら、行彦は、まだ早いと言い続ける光太郎を思い浮かべた。

近頃はこの話になると不機嫌も露わに黙り込む。それほど飯田との仲がうまく行っているのかと、行彦は正直に悲しかった。

あれほど女と関係を持たれるのが嫌だったのに、いまとなっては早く婚約者を嫁に迎えて欲しいぐらいだ。

そうすれば、行彦はまた、年上ぶった口調で光太郎を諌めることができる。今度は男色などやめろと言うのだ。

「やっぱり、まだ婚約はしていないんじゃないか」

緒方に笑われ、行彦は肩をすくめた。

「しているも同然だよ。でも、飯田のことがあるから、しばらくは忘れたいんじゃないかな」

「……飯田？　そんなこと、まだ考えていたのか」

あきれたように言われる。

「あれから、きみの恋はどうなった。牧野とは、話をしたんだろう」

当然のように光太郎の名前を出され、行彦は寮に戻る道の途中で足を止めた。夕食の時間が近づき、道行く学生たちは早足だ。

「していないのか」

緒方が目を丸くした。

「話をしたから、気を取り直したのだと思っていた。この前までの、いまにも死にそうな顔をしなくなっただろう」

「どういう意味だ」

「いつも通りだよ。いつも通りに戻っただけだ」

薄闇の中で、緒方が眉をひそめる。

「きみが惚れているのは、牧野だろう。目を見ればわかる」

「……緒方は、恋事に聡いものな」

行彦は驚くこともなく、薄い微笑みを浮かべて答えた。

「確かに、光太郎さんのことは特別に思っているよ」

「お目付役としての話じゃない」

「わかってる。でも、これは黙っているべきことだ」

「気持ちを話していないのか。どうして……。牧野からは言われているんだろう」

何をだろうかと、行彦は答えに困った。悪所へ行かない交換条件として、性欲の発散を手伝ったことは口にしたくない。それは光太郎との秘密だ。

そのことを黙っていれば、この話は『行彦の片想いの話』で済む。

「白石。きみは……。それはさ、確かに、先のことを考えれば、不都合はいくらでもあるだろう。けれど、後先を考えない感情のやりとりには、いまでなければならないというときがある。愛をいかに実証していくかも……」

「問題は、私にある」

行彦は、緒方の話を遮った。

「話しただろう。気持ちがフィジカルに傾きすぎて、純粋な気持ちには到達できそうにない。あの人を巻き込むわけにはいかない」

「……破局すれば、進学の費用にも関わってくるからだな」

真剣な声で問われ、行彦は正直にうなずいた。

「打算的だろう?」

自虐を滲ませて答えると、緒方は表情を歪めながら首を左右に振った。

「そう言うな。せっかく高等学校に入れたのだから、できれば帝大まで進みたいと思うことは当然だ。きみは頭もいいし、本家の使用人で終わる必要はない」

「だから、いまのままがいい。緒方のおかげで、私の気持ちも、うまい具合に落ち着いた。礼を言うよ」

「そんなに爽やかに言わないでくれ……」

顔を背けた緒方が歩きだす。

「頑固なんだな、白石は。……もっと自分に正直でもいいと思う」

「緒方に言われると、困るよ。だれも、きみほどは正直になれない」

「そうかな」

追って歩く行彦を、肩越しに振り向いてニヤリと笑う。

「どうせなら、この前の続きをしよう。擬似的行為も馬鹿にはできない。慰めぐらいにはなるものだ」

歩調が合い、隣に並ぶ。緒方の腕がするっと肩に回った。マントが揺れて、煙草の香ばしい匂いが色っぽく漂う。

「馬鹿なことを……。断るに決まってるだろう」

行彦は思わず鼻で笑った。突き放すこともなく、しなだれかかることもなく、もたれてくる緒方をそのままにして寮へ向かう。下足室の入り口に光太郎を見かけた。

飯田を先に行かせ、振り向いたところだ。

行彦はとっさに緒方から離れようとした。無意識の行動だ。しかし、緒方に引き寄せられ、しっかりと肩を抱かれる。

恋人のようには見えないだろう。学生同士、だれだってすることだ。

それなのに、光太郎の目からすっと笑顔が消える。

緒方の手を見たのか、行彦の顔を見たのか。判断がつかないうちに、背を向けられた。それが拒絶に似た軽蔑を想像させて、行彦は自覚する以上の衝撃を受けた。

「若さまは、ご機嫌斜めだね」

緒方の声が耳元でする。行彦は自嘲《じちょう》の笑みを薄く浮かべながら、身をよじらせた。腕から逃げても、光太郎を追えるわけじゃない。

日暮れの風が冷たく頬を刺した。闇に沈みゆく北アルプス連峰の高地には、今夜も人知れずに真白の雪が降る。

行彦の不義理を知り、光太郎は飯田を選んだ。そのことは受け入れなければならない。だから、誤解から生まれる軽蔑にも慣れるしかなかった。

心を通じ合わせたとして、これほどまでに悋気《りんき》の激しい己では、光太郎の足を引っ張るだけだ。いままでのように、導き手の世話係として、本家の御曹司を支えていく。それが年長者として、最も正しい道だろう。

高嶺の白雪と評される白皙の頬を、いっそう薄青く澄み渡らせ、行彦は憂いに満ちた眼差しを伏せる。気持ちは乱れ、気鬱《きうつ》が増す。

光太郎への気持ちさえ、冷たく凍りついていくようだった。

＊＊＊

袴姿の行彦は鉄筆を文机に置き、肩を順番にぐるぐると回した。

窓から見える景色は明るく、心地良い昼下がりだ。木立の枝に残った葉が、かすかに揺れている。

貴重な休暇の一日を使って、寮の部屋に籠もった行彦はいましがた最後のガリを切り終わったところだった。

期末試験の出題予測は、特に需要のある課目に絞って謄写版《ガリばん》を配り、その他は口頭で説明する。対象は最も留年を避けたい三年生、そして二年生の課目もいくらか用意する。

一年生を除外したのは、金を取るに憚られるのと、結局は勉強を教えてやることになるからだ。前もって教師役に適した生徒を探してあり、都度、紹介することになっていた。

あとは斡旋先《あっせんさき》の生徒が勉強会を開いたりして、新入生たちの友人作りにもひと役買う。

「白石、入るぞ」

木戸が叩かれ、両手を突き上げていた行彦は声を返した。音を立てて戸が開き、山下が顔を見せる。中へ入ってこようとして、額をしたたかにぶつけた。光太郎もそうだが、背が高い生徒は損をする。

小さく声を上げてのけぞった山下は、額をこすりながら必要以上に身を屈めて入ってくる。

「痛たた。これ、緒方から」

片手で差し出されたのは畳んだ紙切れだ。

「逢い引きの誘いだから、隠れてこいとか、うそぶいてたぞ。あいつは、いちいち芝居がかるからな。危ないようなら、一緒についていくけど」

本気か冗談か、判然としないことを言い、山下はぎゅっと眉根を引き絞った。かと思うと、しゃがみ込んでしまう。

「痛い……」

よほど無謀にぶつけたらしく、今度は両手で額を押さえる。

「どれ。見せてごらんよ」

行彦が声を掛けると、半泣きの顔で手を開いた。

「切れたかも知れない。血が出ていないか？」

「ん……、うん」

曖昧な返事をして、行彦は笑いをこらえた。切れてはいないが、ちょうど角にぶつけたらしく、横真一文字に赤くなっている。おそらく、すぐに腫《は》れてくるだろう。

「な、何だ……？」

「血は出ていないよ。少し、腫れてきているけど。冷やすといい」

「そうか、血が出ていないなら良かった。頼まれものは渡したからな。あ、ついていかなくていいか？」

「平気だよ。緒方は軟派だ。プラトニックな友情になんて、興味はないだろう」

行彦が笑って言うと、山下も笑った。

「あれは軟派でもない。節操なしだ。それはそうと、白石も年越しは緒方の実家へ行くのか」

「うん、光太郎さんも一緒に行く。山下も行くんだな」

「美味《うま》いものを食わせてくれると言うしな。期末試験を乗り切って、羽を伸ばそう」

額をなおも気にしながら山下が出ていき、行彦は紙切れを開いた。

走り書きの文字を目で追う。

緒方の筆跡で、温室の裏まで来るように書かれていた。

「確かに、不穏だな」

行彦は立ち上がり、着物の袖に紙切れを入れてマントを手に取った。しかも、隠れてこいと伝言まで添えられている。

山下は書き付けを見たのだろう。だから付き添いをしようかと言いだしたのだ。

呼び出すにはあまりに珍奇な場所だった。人目を避けすぎている。

マントを羽織り、下駄で外へ出た。

穏やかな天気だ。陽差しが降り注ぎ、マントがなくても過ごせる。しかし、着たものを脱ぐ気にはならず、行彦は道を闊歩した。ほとんどの生徒が学校外へ遊びに出たらしく、人の気配はまばらだ。

遠くから運動部の掛け声が聞こえ、峻険な山並みはいつにも変わりなく美しかった。

山頂まで登れる人間は限られており、よほどの鍛錬が必要になる。山登りは、ある種、命がけの行為だ。光太郎は試してみたいと言ったが、聞いた行彦はとんでもないと反対した。どの山を選んでも試練だ。何よりも、光太郎がうっかり命を落としはしまいかと心配になった。思えば、あの頃から、行彦の心は彼へ傾いていたのだ。一生の友になりたいと、淡い感情をいだいていた。

ままならない現実が胸を刺し、やり過ごすことは簡単だとうそぶいて前を向く。薄水色の洋館校舎を過ぎると、温室までの道に人の姿はない。

順風満帆《じゅんぷうまんぱん》とは言いがたい荒波を乗り越えて、行彦はここまで生きてきた。苦労をしてきたのだ。いまさら、恋どころか、同性の肉体にうつつを抜かし、たいせつな艪《ろ》を失うわけにはいかない。

そうなっては、流され果てるより仕方がなくなる。人間はそうやって欲に溺れ、本流から離れて朽ちていくのだ。

何よりも、その連れ合いに光太郎を選ぶわけにはいかなかった。そうと思えば、行彦の気持ちも落ち着きを取り戻す。肉体の快楽を忘れ、友情を築き直すだけのことだ。

温室にたどり着いた行彦は、木の陰から緒方の姿を見つけた。声を掛けようとしたが、学生服のだれかと話しているのがわかり、口を閉ざした。

山下の伝言を思い出す。隠れてこいと言われたのだ。

周囲を警戒しながら身を屈めた。温室の裏には低木に遮られて木立が群れている。まるで小さな森だ。昼でも薄暗く、枯れ葉はしっとりと濡れていて、下駄の音も立たない。低木の裏に隠れて近づくと、声がした。

緒方が向かい合っている相手は、光太郎だ。

マントの裾を身体に巻き付けるようにしてしゃがんだ行彦はほどよく近づいて耳を澄ました。

「年越しのときにでも話してみる。恋に迷った男の一人や二人、口説き落とすことは簡単だ」

緒方の声が聞こえてくる。挑むような口調で話しているのは、行彦のことだろう。

言葉は過激だが、もてあそぼうとする陰湿さはなかった。それよりも、光太郎に対して攻撃的だ。

「できもしないことを、言うなよ」

光太郎の対応はそっけない。その場を去ろうとするのが低木の葉陰から見えた。緒方がマントごと腕を掴んで引き止め、強い口調で言った。

「肉体関係を持とうというわけじゃない。でも、いまの白石には心の隙がある。僕だけが、こんなことを考えると思うのか。敵なんていくらでもいる。わかっていて、僕をそばに置いているんだろう」

「おまえなら安全だ。それをわかっていながら、くだらない冗談をあいつに吹っかけるな。行彦は、おまえを友人だと思っているんだ」

「じゃあ、牧野、きみは彼の何だ」

緒方の問いに、光太郎は黙り込んだ。言いたくないのだろう。睨みつける目は険しい。

緒方は動じずに鼻で笑った。

「……白石に手を出したのは、きみだ。彼が、どんな気持ちでいるか、考えてみないのか」

「……考えたから、余計なことをするなって言ってるんだ。『手を出した』と言うのもやめろ。そういうことじゃない」

「そういうことだ。きみは自分の欲を優先させたんだ。挙げ句に、あんなに悲しげにさせて」

緒方に詰め寄られた光太郎は、掴まれた腕を振り払うこともせずに立ち尽くす。表情は、行彦から見えなかった。ただ、声だけが聞こえる。

「その通りだ。欲情に勝てなかった」

光太郎ははっきりと答えた。その声が、深い悔恨の念に駆られているように聞こえ、しゃがみ込んで聞き耳を立てる行彦は小さく震えた。

光太郎を後悔させるに至ったのは、己の浅はかさだ。行彦は恥じ入り、暗澹《あんたん》たる想いを抱えて小さくなる。

「緒方。さっきも言った通り、俺は行彦との関係を修正する」

　小さく嘆息をつき、光太郎が続けた。

「あいつにまで『手を出した』と思われているなら、こんなに悲惨なことはない。うまく行っているはずだったんだ。建前を用意して、楽になれるようにして……。気持ちは通じているはずだった」

「愛を告白しないから、こんなことになるんだ」

「言葉にすれば、飛んで逃げる相手じゃないか。おまえだって、そう言っただろう。ともかく、途中まではうまく行ってたんだ。おまえには説明もしたくないが、事実だ。……今の状態では、何を言っても届かない。仕切り直しだ。……頑固なんだよ、あいつは」

「飯田なんかに、うつつを抜かすからだよ」

「何の話だ。……あぁ」

　自分の額を押さえた光太郎が天を仰ぐ。そのまま、足を踏み鳴らした。

「気づかなかったのか」

　緒方に言われ、光太郎は舌打ちを返した。

「飯田か……。あの顔か……。好みじゃない」

　低い声で言って、唸る。

　うずくまって聞く行彦は、自分の早合点を悟った。光太郎が嘘をついていないことは、声と口調でわかる。

指先がぶるぶると震え、わざわざ呼び出した緒方の思惑を恨んだ。

知らなければ、傷つきながらも身を引けたのに、こんな真実を知ってしまっては胸が焦がされる。

「僕もそう言っておいたよ。でも、聞かないんだよな、白石は。頭はいいのに、こうと思ったら、絶対に認めない。きみが飯田に惚れたと思ってるよ」

「……それを早く言ってくれ。俺は、求めすぎたんだと思って……。すっかり勘違いしていたじゃないか」

「すればいいんだよ。いつまでも女のとこへ通って、恋愛相談をしていたのもきみだ。白石の気苦労を思えば、いくらだって遠回りすればいい」

緒方は半笑いで顔を背けた。

「白石は、きみに選ばれることはないと思い込んでいる。選ぶ立場にあるとも考えないのは、旧《ふる》い観念のせいだろう」

分家と本家。御曹司とお目付役。光太郎は未来有望な年少者で、行彦は導くべき年長者だ。

「白石には白石の罪悪感がある。きみとそうなった理由が不純だと悔いているし、きみのお祖父さまのことも、重い足枷になっている。彼の咎じゃないと、きみが言ってやればいい。……僕では、何の効力もないよ。それに、僕の言葉が届くのなら、きみの代わりになる余地もある

ということだしね」

行彦は話についていけなかった。まるで日本語を忘れてしまったかのように呆然として、薄雲が流れる真昼の冬空を見た。

光太郎の声が聞こえる。

「おまえなんかが、俺の代わりになるわけがない。口説いても無駄だ。行彦はふらふらする男じゃない」

「そんなことを言うくせに、僕とのことで嫉妬したりして、きみは子どもみたいだ」

「するに決まってるだろう」

光太郎ははっきりと言った。

「何だって、おまえの肩なんか持つんだ。それに、言い訳もしてくれない。俺は、行彦がだれを見て笑っても、穏やかじゃない」

「白石のこともそうだけど、僕は、きみのことだって心配だよ……。いいかい。きみが婚約するぐらいなのだから、白石が嫁をもらう現実だって想像しなければ……」

「嫌だ」

光太郎は即答した。よく通る、凛々しい声に、行彦はもう顔を上げていられなかった。二人の会話が身に染みていくほどに肌が火照り、日陰でひそんでいる寒さも忘れる。

自分の知らぬところで、光太郎はずっと真剣な想いを抱えていたのだ。

「嫌でも仕方がない」

緒方があきれたように言って、長いため息をつく。

「きみが身を引けば、白石は落胆して女に走る。そういうものだ。これに関しては、本家も分家も、跡取りも関係ない。ちゃんと掴んでおかないと、人の心は繊細だ」

「言われるまでもない。これからのことだって、俺なりに考えている。……こんなに……大事なんだ。離すつもりはない」

「俺に言われても困る」

「うるさい。おまえも、おまえだ。行彦の前で、格好をつけて」

「あの顔を見てると、気障でいたくなるんだ。でも、僕は……牧野のことを目で追ってる白石の横顔が好きだよ。友達として。……睨むな。友達としてだ」

緒方が念を押すと、光太郎は深く息を吸い込んだ。

「……緒方。もう、あいつにかまわないでくれ。それは俺の役目だ。……俺は、あいつに『手を出した』わけじゃない。ただ、どんな方法でもいいから、始まりを作りたかっただけだ。

……小細工がいけないなら、今度は正攻法で行く」

「もう、説明は、その程度でいい。……戻ろう。疲れたよ、きみと話すのは」

「自分だけだと思うな」

「はいはい」

ふざけて言い合う二人が去り、呆然とした行彦は現実を噛みしめた。

戸惑いと高揚が一気に打ち寄せて、肩が小刻みに震え始める。朽ちていくだけだと捨てた片恋に駆け寄り、必死に掻きいだいているような心地になった。

捨てなくてもいい。これは持っていてもいい想いなのだと、そう繰り返す胸が熱くなる。

しかし、一方で、不安が尾を引いた。

光太郎のようにしっかりと強く、愛していけるだろうか。

たった一人の足で立ち、愛することを通して孤独を靭くしていくなど、行彦にはまだできない。触れてしまえば、すぐ二人になる。光太郎への想いは膨張していき、歓びを分かち合うことのみを求めてしまう。それは世俗的な愛欲だ。

光太郎をずっと好きでいるのなら、友情を根底に置いた純粋な愛を持たなければならない。

それだけが、真実の愛だけが、男同士の愛情を免罪する。

生殖とは離れたところで人を愛し、やましいフィジカルな欲望を捨て、傷つくことも恐れずに孤独を靭く鍛え上げていく。それが、ものごとを超越した真実の愛の証左だ。

人を愛することについて述べられた哲学書にも書いてあった。

低木の陰に残った行彦は、抱えたマントの裾に顔を押し当て、深いもの思いに落ちる。

難しいことだ。光太郎のすべてが自分へ向いていなければ、行彦は一人勝手に傷ついてしまう。そんな身勝手な感情で、彼の人生を振り回していいはずがなかった。

彼は牧野家の御曹司だ。家を継ぎ、一族を従えていく使命がある。

飯田との仲が誤解だと知ったところで、どうするべきなのか。一瞬の喜びは消え、苦悩がまた生まれる。選ぶべき道がわからず、しばらくは動けなかった。

陽の当たらない木立の中から日向へ戻り、行彦はあてもなく学校の敷地内を歩いた。

松川高等学校は、官立高校の中でも特に敷地が広い。木造の校舎に講堂、図書館、そして煉瓦造りの図書庫。温室に、校庭。柔剣道場と弓道場。蹴球場と野球場。

そのすべてに、学生たちそれぞれの青春の意気が溢れている。たったの三年を賭けて、七転八倒の勉学に励み、精いっぱいに馬鹿をやって傷をつくる。

なぜか、この時代の傷だけはいつか癒えると、だれもが信じていた。行彦もその一人だったのだ。光太郎への想いを自覚するまでは。

光太郎とどんなふうに友情を育んだとしても、それが深い思索の果ての純愛なら、若気の至りと許されることをひそかに知っている。

宗之も見逃すだろう。これが、本当に純粋な、プラトニックならば。

もしくは、光太郎が無事に嫁を迎え、跡継ぎを作るのならば。

想像するだけで嫉妬が疼き、行彦は暗澹たる気持ちになる。涼やかな目元を曇らせて、下駄で小石を蹴って歩く。夕暮れにもまだ早く、運動部は北風の中でも暖かい陽差しを受け、楽しげに動き回っていた。

どこで時間を潰そうかと考えている間にも、足は穂高寮へ向く。裸木のそばに集まる生徒の集団が目に入った。みんなマントを羽織っていて、とにかく黒い。

炭を熾《おこ》して、何かを煎《い》っているらしかった。よくて銀杏《ぎんなん》、悪くて団栗だ。

近づくと、七輪のそばにしゃがんでいた山下が立ち上がった。大きく手を振ってくる。

「いいところへ来た。今日は銀杏があるから食っていけよ」

「じゃあ、遠慮なく」

行彦は笑って答えた。銀杏は好物のうちに入る。

「こっちだ」

少し離れた場所から声が掛かり、行彦は飛び上がりそうになった。すんでのところでこらえて、光太郎を振り向く。緒方の姿は集団の中になかった。

「探しに行こうかと思ってたところだ」

光太郎に言われ、行彦は何ごともないふりをする。差し出された紙の上に乗っている銀杏を摘まんだ。すでに殻は取られている。

「行彦の好物だものな」

口調はいつものまま、穏やかで屈託なく聞こえた。それが、必死に作られた見せかけの態度だと思うと、胸が熱くなる。行彦も本心を隠して、そばに立った。

「ええ、団栗よりは銀杏が好きです。栗があれば、もっといいのに」

次のひと粒を口に入れ、山下の背中越しに七輪を覗く。

栗はもうとっくに季節が過ぎてしまっていると知っていたが、今年の味が良かっただけに未練がましさが出てしまう。

「胡桃なら、ある。取ってこようか」

七輪のそばにしゃがんでいた一人が腰を浮かした。

「いいよ、いいよ。今日は銀杏があるから」

行彦は笑って断り、肩をすくめながら光太郎のそばへ戻った。顔を見合わすこともなく、差し出された銀杏をまたひとつ、手に取る。

「ガリを切り終わりましたよ」

行彦が言うと、光太郎の振り向く気配がした。

「そうか。おつかれさま。あとで刷ろう」

「ええ、そうしましょう」

たわいもない会話を交わす二人の近くで、マントの裾を地面につけた友人たちは熱心に銀杏を煎っている。網と網で挟んでいるのだが、爆《は》ぜた瞬間に、思いがけず飛び出すこともあった。

そうなると、大騒ぎだ。

行彦は静かに微笑んで、笑いさざめく年下の男たちを眺めた。みんな、気のいい男ばかりだ。しかし、気安く交わっているつもりでいても、ときどき疎外感を覚える。浪人、留年で、歳を重ねた生徒は他にもいたが、彼らといても同じだった。行彦は、光太郎の付き添い入学であり、彼を守っていく使命がある。どうしても自意識が過剰になり、馴染めない。

その一方で、光太郎のそばにいるとき、気配を肌で感じるとき、行彦は疎外感とは違う孤独を味わった。それは一個人として立つための靭い孤独ではなく、他に依存しようとして叶わないために起こる、危うく脆《もろ》い孤独だ。

盗み聞いた会話を思い出さないようにしながら、隣に立つ光太郎の横顔をわずかに見た。そのとき、道の向こうから寮歌を歌うのが聞こえ、一年生の集団から転がるように飯田が飛び出した。そのまま駆けてくる。小さな身体を包んだマントの裾がはためいた。

「こんにちは。牧野さん、白石さん」

天真爛漫《てんしんらんまん》な笑顔は相変わらずで、絹糸のようになめらかな黒髪が揺れる。

七輪を囲んだ友人たちが振り向き、縄手通りのカフェーの女給にもこれほどの顔立ちはいないと噂されている飯田を遠巻きに眺めた。肩を小突き合って笑う。妙にはしゃいで、楽しげだ。

「飯田も、ひとつ、どうだ」

光太郎が銀杏を差し出すと、つぶらな瞳を輝かせて身を乗り出した。

「わぁ！　銀杏だ。ありがとうございます。いただきます」

素直に喜び、ひと粒、口へ入れる。

「おいしいですね。声を掛けて得しました。……牧野さん、数学で教えていただきたいところがあるのですが、お時間はありませんか」

飯田は文科だ。数学への苦手意識が表情に染み込んでいる。

光太郎と行彦は理科であり、数学は得意科目だ。

「うん、いいよ」

光太郎が引き受けると、飯田はいたずらっぽく肩をすくめた。

「できれば、友人たちも……」

「仕方がないなぁ。補習の料金は出世払いだからな」

「はい！　じゃあ、これから」

「これから？」

「……これから、です」

口調こそ控えめだが、飯田には有無を言わせぬところがある。光太郎は仕方がないと言いたげに折れた。

「わかった。図書閲覧室に集合しよう」

「光太郎さん一人では大変でしょう。私もご一緒します」

行彦が言うと、光太郎と飯田は、それぞれ驚いたように固まった。先に反応したのは飯田で、首を激しく左右に振る。

「そんな、そんな……。白石さんは……」

「いいじゃないか」

断ろうとする飯田の言葉にかぶせるようにして、光太郎は明るく言った。行彦の申し出に固まったのは、緒方との会話を思い出したからだろう。

「行彦は教えるのがうまい。顔を見なければ、緊張もしないだろう」

「そうですか？　みんな浮き足立ってしまいますよ」

光太郎を見上げて、飯田ははきはきと意見を返す。行彦に対するときの、どぎまぎとした様子とはまるで違う。この態度の差に惑わされたのだと思いながら、行彦は身を引いた。

「……余計なことを言ったみたいだ。私は遠慮して……」

「いえ！」

飯田が大きな声を出して振り向く。

「そういうことでは！　誤解しないでください。助かります。ありがとうございます」

行彦に向き直り、何度も頭を下げる。

「それぐらいにしておけ。おおげさだな」

笑った光太郎が間に入り、飯田の肩を押さえる。続けて言った。

「それはそうと、飯田。あの件は、どうなった」

「え、あぁ……」

表情を曇らせ、都合が悪そうに行彦を見る。飯田は話題にして欲しくないようだが、光太郎は気にしていない素振りだ。

「矢口さんのこと?」

行彦が問うと、飯田はますます言葉を濁らせる。代わりに光太郎が答えた。

「矢口さんもときどきは現れるんだけどなぁ。新しいのが……」

「新しい……」

繰り返しながら、また別の上級生から恋慕されているのだと閃いた。

「今度は手紙も寄越さず、物陰からじっと見てくる」

光太郎が言った。

「それだけですか。思い詰めていると困りますね。……持ち物を盗まれたりは?」

飯田を見ると、思いがけず拗ねた顔をして光太郎を見据えていた。いかにも幼い仕草だ。

「飯田は……、末っ子なのかな?」

つい尋ねてしまう。飯田が、はっと息を飲む。

「はい。そうです。……あ、またかぁ……」

落胆したように言うなり、自分の頬を両手で叩きだした。

「だめなんですよ。ついつい、感情が顔に出てしまって……」

「いや、いいと思うよ」

「そんなことはありません」

顔を歪めた飯田は、なおも頬を叩く。肌が赤くなり始め、行彦は笑いながら両手を伸ばした。

飯田を止めようとしたのだが、それより早く光太郎が動く。

飯田の背中を手のひらで一叩きした。すると、背筋がしゃんと伸びて、表情も引き締まる。

「それも、子どもっぽい態度だ。まったく……。弟たちを思い出すよ」

光太郎が肩を上下させ、飯田は身を硬くした。

口を開こうとして何も言わず、またくちびるを引き結んだ。凛々しい顔をしようとしているが、端々から末っ子の甘さが滲み出ている。

「いいから、友人たちを集めておいで」

行彦が背中を押すと、飯田は逃げ出す勢いで走りだした。途中で立ち止まり、よろしくお願いしますと叫んで頭を下げる。すぐに踵を返して、寮舎へ駆け込んでいく。

「あれでも、本人は気にしているんだ」

光太郎がぽつりと言った。行彦をちらっと見て、肩をすくめる。

「だれかを思い出すだろう。おまえは」

「……あぁ、去年のあなたですか。光太郎さんは、長男ですから」

育ちの良さゆえに鷹揚としていたが、のんびり構えることで回りを油断させ、ものごとを見極めようとしていたと行彦は知っている。

しかし、入学して間もなくの説教ストームの最中に寝入ったことはどうだろうかと思い出し、ひそやかな笑いがこぼれた。

光太郎が眉を跳ね上げて、何ごとかと尋ねてくる。行彦は笑いながら答えた。

「説教ストームのとき、布団で隠したらそのまま寝てしまったでしょう」

「寝ていいものだと思ったんだ。事実、眠たかった」

「普通は驚いて目が覚めるものです」

「おまえはそうだったな」

光太郎はマントから手を出し、胸の前で腕を組んだ。懐かしそうに宙を見つめた。

「嬉しそうに、上級生を言い負かして……。牧野の家で、おとなしく奉公していたなんて信じられないぐらいだった。……よっぽど我慢していたんだと、思ったな」

ふと核心を突いた光太郎が振り向く。世間知らずの名残も消え、いまはもう凜々しいばかりの青年だ。

しかし、行彦の胸には、過去の光太郎も忘れられずに残っている。

そんな行彦の心を知らず、光太郎はしみじみと言った。

「こんな、世間に揉まれてきた男を超えなくちゃならないのかと、あの夜はもう、そればかりを考えていた」

離れているのに、光太郎の穏やかに低い声は間近に感じられた。行彦の耳朶が熱を帯び、二人だけの秘密がよみがえる。

寄り添い、くちづけ、手を与え合った。やましい夜の記憶だ。

「超える必要はありません。私とあなたの年の差は永遠に縮まらない。もしも逆転することがあれば、それは私が死んだときのことだ」

「縁起でもないことを言うな」

行彦の軽い冗談を真に受けて、光太郎は眉を吊り上げた。

本気で怒っている気配が、行彦の胸に染み込んだ。

いつも、二人は遠回しに感情を確かめ合ってきた。

ふいに互いのくちびるを見つめて、そして視線を逸らすということが何度もあり、さりげなく袖に触れる指先を感じたり、気づかぬうちに触れていたりすることを繰り返してきたのだ。

ただ、自分が満足すれば良く、相手に伝えようと思ったことはない。

すべてを見逃し、気づかぬふりをして、それぞれの片想いに耐えてきた。そしていまは傷ついている。

肌の温かさを知らずにいれば望むこともなかった欲望に傷を負い、どうにかして、この想いがプラトニックなものにならないかと思案しているのだ。

これからも一緒にいるために、関係を美しく保とうと、それぞれが踏ん張っている証拠だ。

しかし、行彦が求めているものは、やはりプラトニックな理想の愛ではない。

いまはもう、はっきりと言える。

「あなたは、あなたです」

マントの襟を立てて、行彦は心のすべてを光太郎へ傾けた。

ひそかに愛してくれている男に返せるものがあるとしたら、この一線を越えないことだと心に誓う。もう二度と、光太郎に触れてはいけない。

もしも触れてしまえば、行彦の孤独が悋気を呼び、光太郎の人生は木《こ》っ端《ぱ》微塵になるだろう。

この男を堕落させることは、最も望まない未来だ。

「光太郎さんは、私とは比べものにならないし、比べても仕方がないでしょう。お互いに、それぞれが切《せっ》磋《さ》琢《たく》磨《ま》していかなければ……」

答えながら、行彦は空を見上げた。

悲しいほど澄んだ冬の青は、白っぽく薄い。そして、どこまでも広かった。

＊＊＊

期末試験の最終日は、ほとんどすべての生徒が縄手通りへ繰り出す。そのさまはまるで糸の切れた凧《たこ》のようだ。

飲食店や屋台へ繰り出す学生がほとんどだが、裏町で散財する者もいて、ごく少数が遊郭《ゆうかく》へ足を運ぶ。

緊張続きの試験から解放された学生に酒が入ると、突発ストームが起こるのも常だ。日頃の勉強が足りていない生徒は特に、試験の結果が発表されるまでの鬱屈も発散させようとして、騒ぎは収集がつかないほど大きくなる。

「やってるな……。今夜は点呼もないだろう。しばらく、時間を潰してから帰ろうか」

正門から続くヒマラヤ杉の並木を通り過ぎたところで山下が足を止めた。

点呼のあとに始まることが多いのだが、今回は町から自然発生的に起こって寮へとなだれ込んだらしい。乱痴気騒ぎが派手に聞こえてくる。

緒方を筆頭に、行彦と光太郎、そして山下を含めた数人の友人で金を持ち寄り、芸妓と半玉を呼んで慰労会を開いた帰りだ。ストームが起こるだろうことは予測できていたが、ほろ酔い気分が心地よかっただけに、最高潮の騒ぎっぷりは気が滅入る。

季節の良いときであれば、芝の上でゴロ寝してもかまわないのだが、道端に雪が残る寒さでは明朝を迎えられない可能性が高い。

「いつもより、長引きそうだな」

仲間の一人がぼそりとつぶやく。

遅れて歩いていた学生服の光太郎が集団に加わり、群生する欅の向こうに目を凝らす。鳴り物と歌声が冴えた冬の空気を震わせるようだ。参加するのかと、周りが固唾《かたず》を呑《の》む中、凛々しい眉が跳ね上がった。

何かに気づいたように、顔つきが険しくなる。行彦は何ごとかと身構えたが、着物の肩口を叩かれた瞬間に閃いた。

「いけない！」

二人同時に叫んで走りだす。友人たちが続かなかったのは、緒方が引き止めたからだ。肩越しに確認した行彦は、足の速い光太郎から少し遅れて続いた。心配なのは飯田だ。矢口ではない上級生が飯田に言い寄っている話を、行彦は思い出していた。手紙を寄越すこともなく、遠くから見つめるだけのつきまといだ。思い詰めて実力行使に出るのではないかと、いまは矢口以上の警戒対象だ。

光太郎が靴も脱がずに寮舎へ駆け込む。飯田の部屋がある棟だ。行彦は下駄を脱ぎ捨てた。消灯まで時間があるはずだが、主電源が切られているらしく廊下は無灯だ。

突発ストームは秩序がない。そして、あらゆる寮棟で多発する。もはや暴動の域だが、試験の抑圧から解放された喜びにも溢れていて、基本的には楽しげだ。

しかし、光太郎の背中には鋭い緊張だけがみなぎっている。ただならぬ雰囲気だ。

光太郎が急に立ち止まり、その背中にぶつかりかけた行彦はつんのめった。避けようとした瞬間、廊下の窓へ飛び込みそうになる。

危ういところで光太郎に抱き寄せられ、鳴り物と歌声で混沌《こんとん》としている中を猛烈な勢いで走ってくる生徒に気づいた。飯田に言い寄っていた矢口だ。

光太郎は頓着《とんちゃく》せずに、飯田の部屋の木戸に手をかけた。がたっと音が鳴っただけで開かない。中からつっかえ棒がされている。

「どけ！」

矢口が怒鳴り、おもむろに木戸を蹴破った。中は真っ暗だ。飛び込もうとする腕を、光太郎が掴む。

もしもの事態を考えたのだろう。行彦も矢口を引っ張り押さえた。

「飯田！」

光太郎の声がする。行彦と矢口には、ストームの波が近づきつつあった。太鼓に、鍋まで持ち出し、耳を塞ぎたいほどに騒がしい。

飲み込まれないように、飯田の部屋の内側へ隠れる。

「うわっ！」

光太郎の叫び声がして、矢口の手が行彦の腕を掴んだ。ぶるぶると震えているのは、心を寄せる飯田に災難が降りかかったと想像するからだ。男同士であっても、無理強いは暴力に違いない。血塗れにされることもある。

行彦は、その手をぐっと握りしめた。闇に向かって目を凝らす。

布団が剥がれると、横たわる大きな身体が黒い影となって見えた。浴衣は乱れ、伸ばされた足は剥き出しになっている。

「……ま、きの……さ……」

苦しげな声が聞こえ、行彦も矢口と一緒になって息を飲んだ。

光太郎がうずくまる黒い影を押しのけ、飯田らしき小柄な影を助け出す。着物は身につけているらしく、裾が閃くのが見えた。

「……重かった」

ストームの集団が遠のき、安堵した飯田の声が聞こえる。

救出に駆けつけた三人は黙り込んだ。何があったとは聞けない雰囲気に包まれる。そこに、ふわりと灯りが射した。

提灯を手にして現れたのは緒方だ。

「間に合ったのか」

その問いに答えられる者はいなかった。敷かれた布団は乱れ、大柄な男が寝間着の浴衣を乱して転がっている。前がはだけていて、下穿きをつけていないのが闇でもわかった。

そして、壁にもたれて座り込んだ飯田の手には紐が巻き付いていた。着物は乱れ、肩さえも覆っていない。

気づいた光太郎が紐をほどくと、飯田は大きく息を吸い込んだ。

布団の上をうかがい、片膝を立てた光太郎の足に手を置いた。

「どうしよう。死んでたら」

そんなことを言いだす。そのとき、黒い影が飛び起きた。

光太郎が飯田を背にかばう。しかし、身体の小さな飯田の動きは機敏だった。

光太郎に掴みかかろうとした男の懐へ飛び込み、身を屈める。すると、男の足が宙を舞った。

飯田が鮮やかに投げ飛ばしたのだ。

「い、い、いまの……ッ！」

矢口が興奮して駆け寄る。ついでに、投げ飛ばされて呆然としている男を確保することも忘れない。関節技を決めながら、立ち上がろうとする飯田の腕を掴んだ。

「きみ、柔道の心得があるんだな」

「ありません！」

飯田は叫ぶように即答した。しかし、床にあぐらを組んだ光太郎が口を挟む。

「ありますよ」

「牧野さん……っ！　言わない、って！」

「もういいだろう。柔道部に籍を置けば、妙なのは近づかなくなる。……矢口さん、飯田は四高に誘われていたぐらいの実力者です」

「なるほど」

矢口は膝を打ったが、秘密を暴露された飯田は不満げだ。

「実力なんてありません。この身体では……」

高等学校の柔道は寝技が中心だ。身体が細い選手には不利になる。行彦は即座に閃いた。

「そうか。光太郎さんに、技を習っていたのか」

口にすると、光太郎がうなずいた。飯田は正座した足に拳を乗せ、行彦をまっすぐに見上げてくる。

「牧野さんに教えていただいたのは、柔道のためじゃありません。こういうことになったとき、相手を油断させて絞め落とすためです。おかげで、うまく行きました」

「飯田。是非とも、柔道部に入ってくれ」

矢口が興奮気味に言うと、関節技を決められている男が苦悶の声を上げる。

「それはまた、あとの話にしましょう」

緒方が話をまとめに入る。まずは、けしからぬ暴挙に出た輩《やから》から事情を聞き、飯田に対して謝罪させた上で処遇を決めなければならなかった。

しかし、男はもう泣きだしていた。羞恥と後悔と、そして絞め技の苦しさに耐えかねたのだ。

侘しい空気が部屋を覆った。

「もう、いいですよ」

困惑した飯田がひっそりと言う。行彦は気遣わしげに彼を見た。

大きな瞳を薄闇にくりっと輝かせ、飯田はしっかりとした仕草でうなずいた。

「言い訳なんて聞いても意味がありません」

迷いを感じさせない声は、溌剌《はつらつ》と朗らかに聞こえた。

＊＊＊

うっすらと明けていく元日の空の下を、行彦たちは散り散りに歩いていた。里山の中腹までは一本道も同然だ。

緒方の実家で年越しの酒を飲み、当初の計画通りに、ほろ酔いのままで外へ出た。空は晴れていて、星も多い。月が傾き、空はしらじらと明け始めている。八ケ岳《やつがだけ》おろしが吹いていたが、歩き続けている身体は寒さを感じなかった。

緒方を筆頭に、行彦と光太郎、山下、そして飯田も一緒だ。行彦以外、学生服にマントを羽織り、首に襟巻きをして、白線のついた学生帽をかぶっている。

黙々と歩いたり、寮歌を口にしてみたり、だれかの隣へ行って話をしたりしている間に、道は田畑を過ぎて山へ入っていく。

緒方が先頭になり、朝ぼらけの中をつづら折りに上っていくと、見晴らしの良い場所へ出た。

それぞれ好きな場所に陣取り、初日の出を眺める。

「隣に座ってもいいですか」

行彦に声を掛けてきた飯田は、承諾を得てから隣へと並んだ。一人分の距離が空いている。

あの夜、飯田を手込めにしようとした生徒は三年生で、光太郎との仲を誤解して嫉妬に駆られたと心情を吐露《とろ》した。言い訳を聞きたくないと言っていた飯田は半ばあきれたように謝罪を受け、処罰については不問でかまわないとあっさり許した。

その理由は、大事に至らなかったからではない。

足だけの寝技で、自分よりも大きな男を失神まで追い込めたことに満足したからだ。

飯田は、愛らしい小動物のような容姿と裏腹に、豪胆《ごうたん》な内面を持っている。

「白石さんに勧めていただいた通り、ぼくは、柔道部に入ろうと思います」

大晦日《おおみそか》までは意固地に嫌がっていたのに、いまは清々しい顔で報告してくる。年が改まったことで、心機一転、思うところがあったのだろう。行彦はうなずいた。

「それがいいね。体格では不利かも知れない。でも、あの機敏さは武器だよ。光太郎さんも褒めていただろう」

「あの……」

飯田は言葉を詰まらせ、片方の肩を引いた。

「ぼくは、白石さんに言われたから、そうしたいんです」

若く瑞々しい瞳に決意をみなぎらせる。

「憧れてます」

言った瞬間に伏せた目元が、ほんのりと赤く染まって見えた。

「どうして……。光太郎さんと一緒にいたのに……」

驚いた行彦の問いに、飯田は不思議そうな素振りで首を傾げる。

「牧野さんは、柔道の先生のようなものです。尊敬はしますが、憧れとは違います」

「憧れって、どういう……」

「白石さんは大人だし、落ち着きもあるし、……きれいだ」

まっすぐに見つめられ、返す言葉もない。反応にも困って、行彦はまつげを震わせた。何度もまばたきを繰り返す。

「困らせるつもりはありません。望まない好意の鬱陶《うっとう》しさはよくわかってるつもりです。でも、できれば、親しく付き合わせていただきたくて。あの、その……、勉強を教えてもらいたいし、あの……、いろんな意見を交換できたら」

「それはかまわないけれど。……驚いたな。光太郎さんに懐いているとばかり」

「牧野さんは変に緊張しないので付き合いやすいと思っています。それに、そういう意味なら、牧野さんは男くさいので、好みじゃありません。あ、いや！　そもそも、ぼくにはその気《け》はありません」

飯田は男らしくはっきりと言って、照れたように首をすくめた。丸くふくよかな頬までが、こっぽりと襟巻きに埋もれる。

「白石さんの前だと、……すごく緊張するんです」

「珍しいね」

「珍しくはないですよ！」

目を見開いた飯田がのけぞる。

「緊張する必要はないのに」

肩をすくめた行彦が言うと、飯田はくちびるを空動きさせて、眉尻を下げた。

「みんな、緊張してます。白石さんだけが気づいてないんですよ」

「そう、なのか……」

「そうです」

「こわがっているんじゃなくて？」

「どうしてこわがるんですか。恐れ多いというのはわかりますが」

「真面目に受け取らないでくれ。ちょっとした冗談だ」

行彦は笑いながら、片膝を抱き寄せた。朝陽に照らされた甲府盆地《こうふぼんち》を眺めて、冷たく冴え冴えとした新年の風に吹かれる。爽やかな心地が、身を引き締めた。

「白石さん、なんでも屋を、ぼくも手伝ってかまいませんか」

飯田に言われて、視線を向ける。

「……金に困ってるの」

「いえ、そうじゃありません。いけませんか。牧野さんと緒方さんには承諾を得ました。白石さん次第だと……」

「また、適当なことを言っているな」

特に緒方だ。彼が決定権を投げたに違いない。

「喧嘩の仲裁なら任せてください。投げ技は得意です」

「怪我をしないでくれよ……。無茶をしないなら、私は歓迎するよ。でも、才能があるのだから、柔道部も頑張って欲しい。身体はこれから鍛えることになるのか。それは……少し、もったいない気もするね」

幼さを残した頬と、つぶらな瞳。小さいけれど、しなやかな四肢。

そういったものは一過性だ。紅顔《こうがん》の美少年は、永遠でないから価値があるのだろう。

行彦は、自分自身のことも顧《かえり》みた。

いまだけがすべてだと、そう思えないことの苦しさに胸が詰まる。

だれがどんなふうに褒めてくれたとしても、容姿は衰えていく。

未来を先延ばしにする勇気も、若さゆえの愚かさがなければ手に入らないものだ。恋に走り、すべてを捨ててしまうことも、あるいは。

ため息が転がり出そうになったところで緒方から声が掛かり、引き揚げることになった。眠いと繰り返す山下がふらふらしながら行彦の前を歩く。気合を入れてやるつもりで背中を叩くと、驚いたように金切り声を上げた。一行はどっと沸く。

「道端で寝たら、大八車《だいはちぐるま》を引いてきてやるよ」

緒方がからっと笑って言った。

「いますぐ、いますぐ持ってきてくれ～」

自分でも活を入れながら、山下が叫ぶ。飯田が楽しげに笑い、先を譲った行彦は光太郎を探した。

やけにのんびりと、最後尾で遅れている。しばらく待っていると追いつく。

「そこに小川が流れているんだ。見て行かないか」

親指を立てた仕草で誘われ、行彦は漠然《ばくぜん》とうなずいた。先を行く友人たちと離れ、光太郎の手招きに従う。二人は脇道へ逸れた。

「こんなところ、よく見つけましたね」

マントの背中に声を掛けながら、緒方に教えられたのだと合点がいく。いつか、温室の裏で話していた二人を思い出した。緒方を牽制した光太郎は行彦との未来を考えていると言っていたが、いまに至るまで、それらしい話はされなかった。

いまなのだろうかと、行彦はひっそりと息を飲む。期待と同時に不安を覚える。

「うん、緒方が……」

想像通りの返事をした光太郎が足を止めた。後ろについていた行彦は横にずれる。

山からの湧水を里へ流す小川が走っていた。向こう岸へ渡るための飛び石が据えられていたが、いまは使わずとも飛び越えられそうな幅しかない。

春を迎えれば水量が増えるのだろう。

激しさがなく、どこかもの寂しくさえある流れだが、新年の清涼な空気の中では、目を見張るほど清らかだ。心に兆した不安が解け、素直に景色と向き合った。

葉を落とした枯れ木立が健やかに伸び、秘められた春は未だ地中深くに眠っている。

「いい景色ですね」

光太郎よりも一歩下がった場所から眺めていると、腕を掴まれ、横並びになるように引き寄せられた。

行彦の心臓はあっけないほど高鳴り、マントの陰で指を握られた瞬間には身体が逃げた。

寮の部屋では、当然、二人きりになる。日常の一部だと虚勢を張っても、すべては演技だ。

実際は、どんな些細なことにも胸が震え、光太郎を目で追ってはせつなくときめいている。

指を振り払おうとしたが、掴んでいる光太郎の力加減が勝《まさ》った。

「すっかり冷えて……」

そう言いながら、行彦のもう片方の手も握ってしまう。小川のほとりで向かい合い、光太郎は左右の手を二人の前で合わせた。

　木立を抜けた陽差しが斜めにかかる。

　行彦は視線の逃がしどころを失ってたじろいだ。

　指は光太郎の手に包まれ、体温を分け与えるように握られている。

「行彦は、ときどき驚くぐらいに指が冷たいな。夏はひんやりしていいけど、冬は心配になる。

……指の冷たい女は、寂しがり屋だと言うけれど、男はどうだろうか」

「そんな、こと……、知りません」

　胸の鼓動が苦しいほど速くなり、いっそ、目の前の胸へ身を投げ出そうかと思う。そうすれば、抱き留めてくれるはずだ。

　ふたたび、過ちで道を踏み外し、それに気づかないふりで肉欲に溺れていく。相手への純粋な想いをそうやってすり減らせば、きっと数年のうちに熱も冷めるだろう。

　それを、光太郎は望んでいるのかも知れない。行彦が関係を許せば、また二人は始まることができる。

　フィジカルな愛を求め、代わりに失うものは、プラトニックな理想だ。

　それでもいい。別に、何だっていい。

　心の中でだけ繰り返し、行彦は緊張しながら言った。

「光太郎さんの手は温かいから、寂しがり屋ではないですね」

「……燃えているんだよ」

顔を覗き込むようにされて、行彦は身を引いた。前髪を揺らして顔を背けながら、視線を戻してしまう。どんな顔で自分を見ているのか、それが知りたくてたまらなかった。

「……っ」

ふっと交錯する視線に、行彦は短く息を吸い込む。光太郎もまた、痛みをこらえるように精悍な眉をひそめた。

間違いなく、二人はくちづけを思い描いた。

乾いた皮膚を合わせ、ひそやかな呼吸を繰り返し、緊張しながら舌を忍ばせる。そのとき初めて濡れた感触がして、やわらかな肉片の悩ましさで心にさざ波が立つ。背が痺れて、足も震えるだろう。

それから、いっそう、相手を愛しく思う。すべては行彦の妄想だ。

実際には微塵も動かず、息をひそめて見つめ合う。

「俺は、行彦が好きだ」

手を握っている光太郎の指が、さらに熱くなった。

朝の穏やかな陽差しの中で、行彦の時間だけが止まっていく。光太郎の瞳をまじまじと食い入るように見て、動く口元に視線を転じる。

「だから、謝りたい。家に尽くそうとするおまえの気持ちにつけ込んだこと。それから、その

想いを裏切らせてしまったこと。……一緒に暮らしながら、やましい目で見ていたこと。まだ、あきらめられずに、好きでいること」

光太郎の視線は、真摯に行彦を見つめた。

凜々しい決意が伸びやかな身体いっぱいに溢れ、滴るほどに艶めいて眩しい。

行彦は目を細めた。まつげが震えて、視界が潤む。

足元がふわふわとしておぼつかず、すがるように手を握り返した。

「謝って欲しいことは、何もありません。……ただ、こうしていてくれたら、それで……」

「……行彦。言ってはもらえないんだな」

落胆した光太郎が、細く息を吐き出す。行彦はまっすぐに見つめ返した。

同じ気持ちでいると、想いに応える言葉は喉元までせり上がっている。

好きです。愛しています。あなただけが、すべてです。

どれも真実だ。心から思っている。だから、口にできないまま、心の奥深くに押し隠す。

「あなたの妨げにはなりたくありません」

「俺だって、おまえの道を塞ぐつもりはない。言葉ぐらい、いいだろう」

「……言えば、囚われます」

行彦は顔を伏せた。その頬を、光太郎の手が包む。

顔を上げさせられた行彦は、拒むためではなく光太郎の手首を掴んだ。陽に透ける細い前髪をひと振りして、閉じた目をゆっくりと開いた。

光太郎が押してくれたなら、もう一歩、踏み込んでくれたなら。そう願う自分の弱さにこそ行彦は辟易した。

だから、これ以上、話を続けて欲しくない。

「帰りましょう」

光太郎の手を振り切るように払い、行彦は顔を背けた。ゆっくりとあとずさる。

「おまえを困らせていることは知っている。それでも……」

なおも踏み込もうとした光太郎の足が止まる。わずかな逡巡《しゅんじゅん》を見せ、思い切ったようにうなずく。

「わかった。俺の気持ちが伝わったなら、それでいい。でも、あきらめたわけじゃない」

「それは、肉欲に過ぎない。そんなものに、あなたの貴重な時間を割《さ》かないでください」

「おまえを困らせないために遊郭通いまでしたんだ。その俺に、いまさら、言わないでくれ。……おまえが思うほど、靱い精神《こころ》があるわけじゃない」

「あなたなら、しっかりやれます」

「もちろん、道を間違えたりはしない。やるよ、しっかりと。……でも、俺は行彦が欲しい」

焦れたように言われ、行彦の胸も疼きだす。

それでも首を左右に振った。嬉しいと思う気持ちが、先行きの不安に飲まれた。素直になれば抱き合える。しかし、先々の別れが恐ろしい。これも悋気のひとつだ。

こんなに強く恋をして、終わりが来ても平気でいられるだろうか。いられるはずがない。

だから、行彦は頑なに拒んだ。

「いつまでも続けられる関係じゃないでしょう。未来《さき》なんてない。それが、こわいんです」

飽きられてしまうことが恐ろしく、失うことも恐ろしい。婚約者に奪われてしまうこともだ。

男色は男色、女色は女色と割り切ることができない。

「先があると、証明してみせる」

光太郎ははっきりと言い切った。

「心が通じ合うまではくちづけも遠慮する。……ずっと、好きだったんだ。俺は……ずっと……。おまえがお祖父さまのところへ出入りして、短い時間に勉強するのを見てきた。そのときは、負けられないと思った。でも、一緒に暮らしていくうちに……。この憧れは、愛情だとわかった」

逃げ惑う行彦の視線を追わず、光太郎は身体ごと横を向く。小川を眺めて、静かに息を吸い込んだ。決意はもう、彼の胸の中にある。

「想いを伝えることさえできなかった頃を思えば、つらいことはない。おまえが納得して、そして安心できるようにする」

「そこまでされるのは……」

「いつでも、好きだって、言ってくれ。待っている」

振り向いた光太郎は明るく笑った。困りますと言うはずだった行彦は言葉を飲み込んだ。

光太郎の人生を賭けないでくれと、それは何度でも言う。けれど、いまは、いまだけは、真摯な気持ちを受け取り、黙っていたい。

「俺の気持ちは、変わらないから」

まるで、しらじらと明けていく冬空に昇った朝陽のように、黒髪を短く切り揃えた光太郎は自信に満ちている。眉目秀麗とは彼のためにある言葉だ。

たたずまいの美しさに、行彦は目を細める。

急かすことも奪うこともなく、ただ純真に、一途に、心へと寄り添ってくる光太郎が眩しかった。

【5】

新学期が始まり、降り重なった雪が地面すべてを覆う頃、松川の町は一年で最も寒い季節を迎える。

しかし、曇天ばかりが続くわけではなかった。夜明けから降り始めた雪が午後にはやんで、鈍色《にびいろ》の雲が風に吹き流される。快晴の空は青く広がった。

生徒たちは外へ飛び出し、我先にと雪玉を作って投げ合い始める。

光太郎と山下が駆け込んでいくのを横目に、行彦と緒方は木のそばへ避難した。ときどき、いたずらに投げられる雪玉を避けていたが、ついにだれかの放った玉が届き、緒方の頭部で炸《さく》裂《れっ》した。

さっきまで陽気に笑っていた顔がひくっと引きつり、行彦は成り行きを見守る。参戦するのか、しないのか。緒方は飄々として気障な男だが、妙なところで沸点が低い。

今回もやはり勢い勇んで駆け込んでいく。

入れ代わりに飛び出してきた光太郎が、学生帽をかぶり直しながら行彦の腕を引いた。雪合戦に誘い込まれるかと思ったが、行き先は真逆だ。

寮舎のそばを抜けて、隣に建つ食堂へ入った。長机が据えられ、背もたれのない簡素な椅子が置かれていた。

逃げ込んだ生徒は他にもいて、マントと学生帽を壁に掛けて干し、冷えた手を達磨《だるま》ストーブにかざしている。

光太郎もしばらくは指先を温め、常備されている白湯《さゆ》を湯飲みに入れて椅子に座った。窓際の席からは、雪を細く載せた裸木の枝が見える。どこかで雪が落ちて、どさりと鈍い音がした。

「大雪になったな」

光太郎が微笑むと、たわいない会話でさえ特別に聞こえてしまう。胸を熱くした行彦は、適当な相づちを打って外を眺めた。

陽差しは強く、真っ白な雪を光らせる。

特に、何も話さずにいた。食堂のあちこちから途切れ途切れに聞こえる生徒の会話を耳に入れながら、のどかな冬の午後を見つめるばかりだ。

ぬるくなった湯のみの中を覗いて顔を上げると、窓を見ているはずの光太郎と目が合った。いつからそうしていたのか。食堂の長い机に頬杖をつき、拳でこめかみを支えながら、行彦を眺めている。

苦々しく笑って、遠慮のない年下の額を指で押す。すっきりとした鼻梁に皺が寄って、また少し大人びたと思う。

分け入ることのできない恋の前で待ち続けるつらさは見せず、憂いさえも爽やかな苦みにして微笑む顔は魅惑的だ。

見惚れた行彦は弱く笑う。

この一瞬にも、二人は互いのくちびるを思い出している。

ほんの数ヶ月前は、当たり前のように貪った熱と潤みを、切望しながらこらえてやり過ごす。

「縄手まで付き合ってくれないか。新しい本が入荷しているかもしれない」

断られるつもりのない光太郎は、行彦の肩を軽く叩いて立ち上がる。世話係はいつでもどこでも一緒だ。若さまが逃げない限り、同伴すると決まっている。

マントと学生帽を手に食堂を出ると、向こうから蓬髪姿《ほうはつすがた》の上級生集団が歩いてきた。硬派の代表格は、寮総代の東尾と友人たちだ。

「おぉ、若さま。どこに行くんだ」

声を掛けられ、光太郎は苦笑いを返す。

「縄手まで、散歩に」

「お付きが一緒なら安全だな。道に迷ってあらぬ方向へ行くこともない」

かつての遊里通いを揶揄した東尾が豪快に笑う。かと思うと、眉をひそめた。

「それにしたって、白石は不憫だ。きみの腰が定まらないばっかりに、四六時中ぴったりとくっついて。これじゃあ、息が詰まるだろう」

「……詰まってるのか」

光太郎はわざとふざけて、おおげさに驚く。

いた。

「いえ、これが役目ですから」

目を伏せ、わきまえた素振りで返す。すると、落胆の声を上げた上級生たちが次々に口を開いた。

「そんなもの、どこかへ捨ててしまえ」

「牧野も大人にならんか」

「付き添ってやることはない。茶でも飲もう」

一度に話すものだから、だれが何を言ったのか、まるでわからない。

東尾が大きく手を打った。

上級生たちはざわめきながらも大人しくなり、マントを肩に羽織った光太郎は学生帽をきゅっと目深にかぶった。凜々しくも眩しい学生姿だ。

「どうであっても、連れ回せる理由になるなら、それでけっこうです」

爽やかな笑みを浮かべたかと思うと、自分だけが白石行彦を独占できることを恥ずかしげもなく宣言して胸を張る。その仕草が小憎たらしいほど決まってしまう。

上級生たちはまた落胆の声を上げた。

「おまえらは黙ってろ。うるさいな！　白石、またボタン付けを頼みに行くからな」

東尾が熊のような巨体を揺らしながら笑い、行彦と光太郎は彼らから解放された。正門へ向かって歩きだした行彦は首を傾げる。

「どうして、あんなことを言うんですか」

光太郎を振り向いて、疑問をぶつけた。

「正直なところを口にしただけだ」

答える横顔はまっすぐ前を見ている。

「……正直すぎるのでは」

「ああ言っておけば、横恋慕されなくて、ちょうどいい」

視線に気づいて振り向いた光太郎が、顔を覗き込むように身を屈める。学生帽をかぶった行彦は笑いながら身を引いた。

雪をまとったヒマラヤ杉の並木の間を、すべらないように気をつけて歩く。行彦は下駄を履《は》いているが、光太郎は洋靴だ。

「あんまり、顔を見ないでください。足元も危ないのに」

「行彦が見ていたからだよ」

「それは……、そうですけど」

「そうだろう。だから、俺にも見つめる権利がある」

もっともらしく、おかしなことを言い、光太郎は子どものように胸を張る。優しさだと、行彦は気づいていた。

視線を合わせた二人は、ほんの少しだけ肩を寄せる。

足早に正門を出て、町へ向かった。

学校から縄手通りまでは十五分かかる。雪で速度が落ちて、二十分程度だ。

小さな本屋の棚をくまなく見ている間に、風を伴う雪が降り始め、前も見えないほどになった。仕方なく、手近な食堂へ逃げ込んで夕食とし、降雪の勢いが弱まったのを見計らって外へ出る。

雲は薄く、夕暮れが迫っている。手元に灯りはない。陽が落ちても、月明かりなら歩いて帰れるが、吹雪いている最中は道が判別できなくなる。遭難してしまうと冗談を言いながら堀端へ差し掛かり、光太郎の歩調が弱まった。

冬の日入りのやわらかな朱に染められ、威風堂々とした五重六階構造の天守閣を仰ぎ見る。明治三十年頃から大きく傾きだし、大がかりな修理が終わったのはここ数年のことだ。

東側に辰巳附櫓《たつみつけやぐら》と月見櫓を複合しており、季節さまざまに美しい。松高生も愛着を持ち、堀端を彷徨《ほうこう》しながら思索に耽《ふけ》ったり、仲間と駄弁《だべ》ったり、計画的なストームが行われることもあった。

冬は堀の水が凍るので、下駄スケートを履いての氷すべりも流行《はや》っている。

「あの黒い色は、何で塗った色だと思う」

光太郎に聞かれ、行彦は首をひねった。考えたことはなかったが、言われてみれば不思議だ。

「俺は、焼杉だと思い込んでいたけど、緒方が言うには、墨を塗っているらしい」

「墨ですか……」

なるほどとうなずきながら、行彦は閃くように思い出した。

「そういえば前にお祖父さまと話したとき、漆《うるし》だとおっしゃっていました」

「あぁ、なるほど。それが正解かもしれないな。きっときれいだ。しかし、値も張る」

光太郎が、悩ましげに唸った。

「確かに、その通りです。傾いた天守を建てるだけでも金がかかったでしょうから、今回の修理で外張りを漆にするまでは、さすがに無理だったでしょうね」

「うん、そういうことだろう」

肩を並べて歩く二人の歩調はなかなか速くならなかった。いつまでも一緒に歩いていたいと思うからだ。あたりがだんだん薄暗くなり、空が端のほうから藍色に染まっていく。

「近くで提灯を借りてから帰ろう」

陽のあるうちに帰り着くことは無理だとあきらめた光太郎が言う。うなずいた行彦は、木枯らしの冷たさを避けようと襟を立てた。

「こっちへおいで。少しは温かいから」

光太郎のマントの裾がひるがえり、あっという間に抱き込まれる。肩に腕が回され、行彦は戸惑った。けれど、飛んで逃げる気にもなれない。

そろそろと光太郎の腰の裏に手を回す。確かに一人で歩くよりも温かい。しかし、光太郎の体温なのか、それとも、気分の高揚によるものなのか、判別はつかなかった。

「ね。温かいだろう」

学生帽をかぶった耳元に光太郎のささやきがこぼれ、行彦は肩をすぼめるようにして身体を震わせた。愛情で胸がいっぱいになり、そのまま両腕でしがみついてしまいたくなる。

頑なに守っている決意のようなものがぐらぐらと揺れた。

無性にくちびるを合わせたくなり、喉がしきりと渇き、そして、たまらずに吐息をこぼす。

光太郎は、何も言わなかった。肩に回った手だけが、行彦への想いを伝えてくる。

あたりが夕闇に包まれ、空に星が輝くと、新雪の白さが浮かび上がった。寄り添った二人は、互いの鼓動を刻むように歩く。

靴跡と下駄の歯跡が雪の上に並んで残る。

ずっとこのまま歩いていられたらと、行彦はくちびるを引き結んだ。

好きだと答え、そして、二人の生き方を合わせていく。

光太郎とならできるような気持ちがにわかに湧き起こり、行彦の胸の奥に小さな火が灯る。

未来から逃げず、妨げにならない靭さを持てるように、自己の研鑽《けんさん》に努めるしかない。

待ち続けると、光太郎は言ってくれた。年上の男の意地も、自尊心の高さも理解しているのなら、それはつまり、行彦を知っているということだ。

分け合う温かさに打ち震え、光太郎の身体へと身を寄せた。心の中でだけ告白を繰り返し、泣きだしたいほど胸が熱くなる。瞳が潤んでも、寒さのせいだと言い訳をして、近くの料理屋で提灯を借りて帰路につく。

途中、月が雲に隠れて立ち往生していた生徒と一緒になり、みんなでひとつの提灯を頼りにして寮歌や校歌を放吟《ほうぎん》しながら歩いた。おかげでマントもいらないほど身体が温まり、それぞれが煙のような湯気を立てて、発光するように白い雪を踏んだ。

山から吹きおろす風の冷たさも、今夜は清涼に感じられて心が洗われる。

光太郎は上機嫌に笑い、行彦も心の底から楽しかった。

やがて正門まで帰り着き、一団は喜びの声と共に万歳三唱を叫んだ。そこからはバラバラにヒマラヤ杉の並木を通り、欅の群生のそばをぐるりと回った。下足室から寮舎へ入る。マントを脱いで肩にかけた光太郎が鼻唄を歌いながら靴の紐をほどき、下駄履きの行彦は一足早く階段を上った。

廊下を歩いて部屋へ戻る間も幸せな心地は続き、行彦はゆるむ頬を手の甲で押さえた。光太郎の真摯な気持ちと向き合う決心をする。

二人が肩を並べて歩く未来のためには、一生懸命に学ばなければならない。成長著しい光太郎にふさわしくいられるように知識を身につけ、精神を鍛え、快楽に溺れることも悋気に翻弄《ほんろう》されることもなく、一個人として確かな人間になるのだ。

その頃にはきっと、嫁をもらっても平気でいられるほどの絆《きずな》ができているに違いない。

希望の光が見えた気がして、行彦はほんの少し微笑んだ。消灯前の廊下で深く息を吸い込む。不在の間に届けられた郵便物を木戸の隙間から抜き取り、部屋の中へ入る。ひとまず文机へ置き、湿ったマントと学生帽を壁に掛ける。

行彦のくちびるは自然とゆるんだ。光太郎から想われ、待ち続けてもらっていることが心に熱く、幸福感を伴った実感になる。

鼻唄を歌いたいほど前向きな気分になり、これではいけないと、浮かんだ笑みを両手でこすり落とすようにしながら、文机を見た。

窓から射し込む雪明かりを頼りに蝋燭に火をつけ、硝子のシェードをかぶせる。それから手紙の宛名を確かめた。そしてすぐに、差出人を確認する。

行彦宛てに送られた、兄からの手紙だ。封を切って、油紙に包まれた中身を確かめる。しかし、兄からの便りは一枚目のみだった。

年始の挨拶と家族の近況が綴られた最後に、光太郎の祖父・宗之の手紙を同封した旨《むね》が記されている。

年末に送った手紙の返事にしてはそっけなく、行彦は便箋《びんせん》を繰った。

兄の手紙はペンで書かれていたが、宗之は続け字と崩し文字交じりの毛筆だ。さっと目で追った行彦は両肩を引き上げた。

短い息を吸い込み、ひと通りに目を通して最後まで読み切る。そしてすぐに便箋を畳んだ。

封筒に戻し、文机の引き出しへ置いたところで光太郎が帰ってくる。

行彦は静かに引き出しを閉めた。

マントを壁にかけ、寝支度を始める光太郎を振り向く。視線が交錯し、嬉しげな笑みを向けられて胸が痛んだ。

行彦も自分の布団を敷いた。寝間着へ着替え、防寒用の綿入れに袖を通す。それから、予習のための教科書を文机に開いた。

内容が頭に入ってくるはずもない。

宗之からの手紙が、引き出しに入っている。そのことを思い出し、じっと教科書を見つめた。あれほど燃えていた未来への希望が、いまは焚き火のあとのくすぶりのようだ。暗く湿って、みじめでさえある。

宗之からの手紙には、光太郎へ結婚を勧めるようにと書かれていた。

去年の夏、婚約の話が出たときに、相手との文通を約束していたらしい。その手紙が滞っているので、両親も先方も心配しているという話だ。

何も知らなかった行彦は、ため息を飲み込む。光太郎は不審にも思わない様子で、手洗いへ行くと言って部屋を出た。

一人になった行彦は、わなわなと震えながら胸を押さえた。緊張がほどけても薄笑みは貼りついて消えず、息が詰まって苦しくなる。

光太郎と鉢合わせした緒方の声が木戸越しに聞こえ、二人の話す声が続く。それから、木戸が叩かれた。緒方が入ってくる。

「東尾さんからシャツを預かってる。ボタン付けの依頼だ」

そう言われ、行彦は振り向いた。薄暗い部屋の入り口に立っていた緒方は、大股に部屋を横切り、驚いたように身を屈めた。手にした東尾のシャツを文机に置く。

「どうしたんだ」

「何がです」

返した言葉は、本来、緒方に対しては使わないものだ。素知らぬふりをしても、自分が泣きだしそうになっていることは自覚していた。目玉が灼《や》けるように熱く、まばたきをすれば、滴《しずく》が落ちてしまいそうに思える。

「牧野と何かあったのか。……いや、違うな」

廊下で出くわした光太郎を思い出したのだろう。緒方は素早く首を振り、行彦の腕を掴んだ。

「こっちの部屋へ来い。いますぐ」

「……部屋を、変わってくれ。緒方」

行彦は、反対に緒方の腕を掴んで引き寄せた。すがりつくようにして頼む。

「どういうことなんだ。ここのところはうまく行っていただろう」

驚きながらも、緒方は冷静だ。行彦は浅い息を繰り返して言った。

「お祖父さまから手紙が来た。……結婚を勧めてくれ、って……。できるか、そんなこと。できるわけがない」

行彦は髪を乱して首を振り、緒方を乱暴に押しのけて立ち上がる。その拍子に涙がこぼれた。

「どこへ行くつもりだ」

「おまえの部屋だよ。今夜はここで眠れない」

「……逃げるのか」

畳に膝をついた姿勢の緒方は、行彦の腕を引きながら顔を歪めた。

「牧野の気持ちは聞いたんだろう」

「決意するには、まだ時間がいる。……いるんだ」

こんなに好きなのにと、口にできない言葉が込み上げてくる。

「どっちの覚悟だ」

緒方は即座に切り返してきた。行彦は答えずに部屋を飛び出す。

そんなことを光太郎以外に話す気はない。しかし、答えはなかった。理想と現実の狭間《はざま》に落ちて、気持ちは宙に浮いたままだ。

光太郎の手を取って自由を勝ち取ることと、身のほどを知ってあきらめること。正しいのは後者だ。理解しているから、迷いは深くなる。

あれほどこだわった肉体的な快感など、もう何の価値もなかった。光太郎のそばにいられる生活が、どれほど幸福なことだったか、行彦は嫌というほど思い知る。

しかし、いま、ここにいられるのは、宗之のおかげだ。牧野の家のおかげなのだ。宗之の言いつけを守らなければ、行彦の居場所はない。

緒方と山下の部屋へ逃げ込み、行彦は閉じた木戸につっかえ棒をする。それから、壁にもたれて沈み込む。

七輪を抱えるように座っていた山下は、ポカンと口を開き、目をしばたたかせた。

入室の許可を取らなかったと思い出したが、それどころではない。行彦は洋ズボンの膝を抱き、背を丸めて顔を伏せた。

「……こっちへ来いよ。どうしたんだ。あんたは大人のように見えて、繊細だなぁ」

行彦が動かないと知ると、山下は緩慢な仕草で立ち上がった。近づいてくると容赦なく行彦を引き起こし、追いやるようにして緒方の布団へと押し込んだ。

「よくわからないけど、寝ればいいんじゃないか。睡眠不足は精神が細るんだ。寝ろ」

頭まで布団を引き上げられ、丸くなった身体が隠される。

手洗いから戻った光太郎が木戸を叩いたが、のんびりと構えた山下は対応しなかった。素知らぬふりで七輪へ近づき、火の始末をする。

行彦を探す光太郎の声は静かで感情がなく、いっそう胸が詰まった。緒方の声がして、説得された光太郎の気配が廊下から消える。

どんなに光太郎が真摯に愛を傾けてくれても、やはり行彦の心から嫉妬の業火を消し去ることはできない。一度でも手に入れたら、きっと、光太郎を巻き込み、焼き尽くしてしまう。

それほどまでに、光太郎のことが好きだ。

いっそ破滅を選びたいと願う心を捨てきれず、行彦は奥歯を噛んだ。

光太郎にすべてを捨てさせるぐらいなら、自分が消えてなくなったほうがいい。こんなにも弱い依頼心の塊では、どうせたいした人物にはなれずに終わるのだ。

見えない傷は、見えない血を流し、聞こえない雄叫《おたけ》びを上げながら悪化していく。

宗之に対して申し訳なく、牧野の家に申し訳なく、実家の兄にも申し訳なく思う。すべての咎は、光太郎を愛しているがゆえだ。

もう、抜き差しならないほどひと筋に、光太郎のことだけを考えている。

隣の布団に入った山下がぼそぼそと調子はずれに歌いだした。

その声は少しずつ大きくなり、隣の部屋の緒方が一緒になって歌いだす。廊下を行き来する生徒の声もときおり交じり、行彦は顔を覆って泣いた。

嗚咽《おえつ》は歌声に掻き消され、光太郎の声は一度も交じってこなかった。

【6】

去年よりも雪の多い年だった。朝晴れていたと思っても、気がつけば雪雲が空を覆う。かと思えば、昼間は雪が溶け、夜のうちにまた降りしきり、朝の景色を美しくまばゆい雪原に変えてしまう。

生徒たちは朝から雪掻きをして、校舎までの道を作った。肉体労働に弾む白い息は熱気を帯びて、初春の陽光に拡散していく。しかし、信濃路《しなのじ》の春はまだ遠い。

山おろしが木枯らしの音を立て、昼になると、また鈍色の雲が広がった。

授業を終えた行彦は、一人で寮へ戻った。学生服に下駄履きで、マントの裾を揺らす。表情は暗く沈み、高嶺の初雪と称される肌は不健康に青白い。頬もすっかり瘦《こ》けた。

光太郎の祖父・宗之の手紙を受け取り、割り切れない思いが胸を塞ぐ日々だ。作り笑いもできなくなった行彦は、周囲との接触を避けた。

緒方を追い出した部屋で、山下と寝起きをしながら、十数日、だれとも言葉を交わさずに通している。光太郎は幾度も目の前に現れ、話をしようと持ちかけてきた。引き出しに入れた手紙を探し出したことは間違いない。

真剣な眼差しと、低くかすれた声。緊張をみなぎらせて追われると、行彦はますます頑なに会話を拒んだ。

寮生たちから不審な目を向けられることも気にならず、校舎と寮を往復して、予習と復習と読書に明け暮れて日々を過ごす。

その合間にも考えることは、ひとつしかない。

宗之からの依頼を、いかに遂行するか。

つまり、光太郎に結婚を促し、婚約者への手紙を書かせることだ。彼のことを真摯に考えるのなら、それしかないと思い詰める。

光太郎は本来、男色家ではない。だからこそ、躓《つまず》きを与えた自分が責任を負うべきなのだ。

年上だから、お目付役だから、宗之の期待に応える必要がある。もちろん、宗之の期待を裏切ったところで、分家に貸した金を引き剥がすほど本家は残酷ではない。

しかし、分家の一員としては、直々に送られた手紙には逆らえなかった。これが、自分に課せられた使命だ。逃れられない宿命であり、自由を奪う枷でもある。

一人で歩く行彦は、松川城の堀端での時間を思い出した。

光太郎のマントへ招き入れられ、身体を寄せて歩き、行彦は確かに、『待つ』と言ってくれた人を信じたのだ。明るい未来を予感もした。

しかし、すべては夢だ。宗之の手紙を見たとき、行彦は冷水を浴びせかけられたかのように我に返った。

行彦に与えられた時間は、光太郎を学業に邁進《まいしん》させるためのものだ。役目を放棄できるほど行彦は強くなれない。モラトリアムの無為を楽しむ余裕など、元から持たない封建的な価値観に縛られた人間だ。

ため息さえもこぼさず、行彦は一心不乱に歩いた。

「白石さん！　白石さんッ！」

寮の下足室前で腕を引かれ、自分が呼ばれていたことに気づいた。

相手は飯田だ。肩で息を繰り返す下級生を前にして、行彦はまばたきを繰り返す。ぼんやりと視線を返しながら、下の名前で呼びかけられる声だけを待っているのだと自覚した。

「どこから走ってきたの？」

不思議に思って聞くと、マント越しに行彦の腕を掴んだ飯田はもう一方の手を膝に置いてうなだれた。

マントは羽織っておらず、学生服に学生帽をかぶっている。

「校舎です。声を掛けたのに、少しも気づいてくださらないから」

飯田は答えたが、行彦にはまるで覚えがない。この十数日間、行彦はずっと、そんな調子だ。

「そう、ごめんね」

消え入りそうな声で答え、ふらっと背を向ける。

「ま、待ってください！」

慌てた飯田にまた腕を掴まれた。

「お話があります。……あ、すみません！」

通りかかった生徒を呼び止め、行彦から奪い取るようにした教科書を渡した。部屋へ置いて欲しいと頼んで向き直る。

「散歩！　散歩に行きましょう！　……ね、白石さん」

泣きだしそうな顔をした飯田に手を引っ張られ、ヒマラヤ杉の並木を通って敷地外へ出た。

飯田は早足だ。立ち止まれば行彦が逃げると言いたげな背中は、悲痛なほど思い詰めている。

行き先を尋ねる気にもならず、予想もしないまま、行彦は漫然と歩く。すべてに嫌気が差し、拒むこともできなかった。

光太郎を翻弄し、宗之を裏切り、何ひとつ答えを出せないで右往左往している自分のみすぼらしさに吐き気がする。神経のすり減る音を聞くような毎日に、行彦は心底から疲れていた。

三十分ほど黙々と歩いてたどり着いたのは、温泉街のはずれにある当地切っての高級旅館だ。

立派な門構えを背後にして、緒方が立っていた。飯田同様にマントはつけず、制服の上に襟巻きをしている。

「やぁ、来たな」

「連れ込んで、何をするつもりだ」

とっさに鋭く睨む。飯田に代わって行彦の手を掴んだ緒方は鼻で笑った。

「部屋を追い出された腹いせだよ、白石。決まってるじゃないか」

この十数日、行彦から徹底的に無視され、かわされ、心底から腹を立てているのだろう。

申し訳ないと心の奥底では謝ったが、行彦の表情筋は凝り固まって動こうとしない。眉ひとつ動かせなかった。


「来いよ。話をしよう」

憐《あわ》れみの目を向けられ、緒方に腕を引っ張られる。飯田にも背中を押された。行彦はとっさに足を踏ん張った。

上半身と下半身がちぐはぐな動きになり、激しく髪を揺らしてかぶりを振る。

「……光太郎さんがいるんだろう」

声が喉に詰まってかすれる。緒方と飯田は顔を見合わせた。

「わかっているなら、観念しろよ。白石」

「……私の存在は、あの人の足枷だ。この先も重荷にしかならない」

緒方を押しのけながら身をよじる。泣きだしそうな顔をした飯田が、胴にしがみついてきた。

「問題は先延ばしにすべきではありません。……白石さん、自分の顔色の悪さを自覚していないでしょう。ひどいありさまですよ。本当に、ひどい」

見ていられないと言わんばかりに顔を歪め、飯田は大きく息を吸い込んだ。

喉で息が引きつれ、嗚咽が漏れた。自分の代わりに泣いているのだとわかり、行彦の胸は熱くなる。両肩に、緒方の手が乗った。

「白石。先延ばしにして済むなら、牧野を追い詰めるようなことをするな。……共倒れが目的だとしても」

「そんなつもりはない」

息を飲んで言い返しても、くちびるが震えだす。緒方が眉を引き上げた。

「僕は、どちらの肩も持つつもりはない。ただ、きみのやり方が気に食わないだけだ。年上なら年上らしく振る舞えよ」

「たった数年のことじゃないか。……私はもう」

すべてが嫌になったと言う前に、緒方がぐいっと踏み出してきた。

「……逃げるつもりか。学校を辞める気じゃないだろうな」

「そんなことは考えてもいない」

嘘だった。無気力が増し、終わることばかりを考える。それが学校なのか、人生なのか。最後の選択にさえ答えが出ないだけだ。

「緒方さん、やめてください」

行彦の背中に取り付いた飯田が言う。

「白石さんは悪くない。牧野さんが、追い詰めているんです……ッ」

泣き声で叫ばれて、

「そうじゃない」

緒方より先に答えた。そして、臆《おく》することなく、門の向こうを見る。

そこに光太郎がいた。学生服を着て、目が覚めるほどに凛々しく立っている。

「こうまでされて逃げる気はない」

行彦は静かに言った。これが最後の会話になるだろうと覚悟する。

飯田の肩を叩き、緒方と視線を合わせ、行彦はその場を離れた。背を向けて歩きだす光太郎を追って旅館の中へ入る。

肩越しに振り向きながら歩く光太郎は深刻な顔つきだ。一階の廊下を進み、突き当たりの部屋に入る。

ひと目で特別室だとわかる畳敷きには卓と座布団が置かれ、縁側がついている。光太郎はそこに置かれた籐《とう》の椅子のひとつに座った。

硝子窓の向こうには、雪に彩られた白い庭が見える。南天《なんてん》の実が赤く、印象に残った。

「行彦。話をしよう。きちんと。……こっちへ来て、座らないか」

促されたが、行彦は首を振って断る。数歩だけ近づき、畳に膝をついて正座した。

「そもそもは、私の間違いでした。……あのようなことを、するべきではなかった」

膝の上で拳を握り、震えまいとしながら言うと、光太郎は椅子の肘掛けを掴んだ。その指を目で追った行彦は、自分のあきらめの悪さに辟易してうつむく。

「後悔させているとしても、なかったことにはしないから」

光太郎の言葉に、行彦はいっそう強く拳を握った。

「困ります」

「……おまえが気に病むことはない。先に望んだのは俺のほうだ。一度でいいから触れたいと思っていたし、遊里へ通うたびに苛立つおまえを見るのが好きだった。……相手にされているようで、嬉しかったんだ。悪いのは、俺だ。行彦」

「だから、です。そんなあなただから……」

身体がぶるっと震えて、行彦は手の甲をくちびるに押し当てた。目頭が熱くなり、顔を上げられなくなる。

好きだと、こんなときに言葉が込み上げた。

言ってしまえば、終わる。けれど、言わなくても、終わる。

相思相愛を確かめて、今後は清らかに過ごすこともできるはずだ。親友として、互いを信頼していく。それだけのことだ。なのに、何度願っても行彦にはできない。

胸が痛み、身体が震えた。もう叫びだしたかった。この場に突っ伏して、畳を掻きむしってしまいたい。

頭の中が真っ白になり、行彦は朦朧としながら浅い息を繰り返した。

「待っている、なんて言うんじゃなかった」

椅子から立ち上がった光太郎が、畳を踏んで近づいてくる。行彦と膝を突き合わせるようにして座り、躊躇《ちゅうちょ》なく手を伸ばす。

手首を掴まれ、行彦はびくっと肩をすくめた。

「婚約はしていないのだし、するつもりもない。だから、文通もしない」

光太郎が言う。行彦は髪を揺らして首を左右に振った。

「いけません」

「おまえの口から、それを勧められることもしたくない。おまえだって、したくないから逃げ回っていたんだろう。それでいい」

ぽつりと言って、行彦の拳を両手で包んだ。額を拳に押しつけられ、行彦は目元を歪める。

どちらの身体が震えているのか、わからなかった。

光太郎が短く息を吸い込み、顔を上げる。視線がぶつかった。行彦は思わず身を引く。その首筋の裏を、光太郎の手が引き寄せる。

「お祖父さまには俺が断りを入れる。うまくやるよ……。おまえは嘘もつかなくていい。……悪かった。おまえ一人に背負わせるようなことになって」

「違います。違うんです。……これは、私の弱さだ。あなたは、何も、悪くない」

息を殺し、行彦は首を振った。怯えながら、ゆるやかに髪を乱す。

逃げると察した光太郎の手に力が入った。

「行彦……、言ってくれ……。その弱さで、俺を頼ってくれ」

痛みをこらえるような声は低くかすれた。

視線が追われて、顔を覗き込まれる。くちびるが触れそうなほど近づき、息がかかった。

「いっそ、俺を好きだって、言ってくれ」

甘い言葉に搦《から》め捕《と》られ、行彦は震えながら息を吸い込む。光太郎の手が焦った仕草で行彦の拳をほどく。指が、乱暴に組み合わされる。

「俺はね、絶対に、あきらめない。おまえを失うつもりはない」

「……終わらせてくれるなら、それなら」

くちびるに息づかいを感じながら、行彦は懇願するように言った。声が細く震える。

しかし、そんな話でないことはわかっていた。もういまさら、遅い。

心はもう壊れる寸前だ。このままでは、自分が命を繋げないことも薄々と感じていた。

「そんな譲歩はできない」

光太郎は真剣に言った。

「学生時代の思い出で、終わらせるつもりはないんだ。身体を繋いだら、それで満足できるわけじゃない。そんなこと、わかってるだろう」

「私にはできません」

「本家に金を出してもらっている身だからか。そんなものは、どうとでもなる」

「許してください」

顔を背けて、くちびるにかかる息から逃げる。光太郎を押しのけて立ち上がると、マントの裾を思いきり引っ張られた。

傾いだ身体が抱き寄せられ、あっという間に膝の間へ囚われてしまう。

「許さない。……許すわけがない。ここであきらめたら、俺は一生、おまえを引きずる。そんなこと、決まっているんだ」

光太郎は子どものように言って、ふたたび行彦の顔を覗き込んだ。今度はくちびるを重ね、いたずらに微笑む。

「家を捨ててもおまえを選ぶ。当たり前じゃないか。……家なんてものは、いつまで続くかわからない。世界は毎日変わるんだ。……だから、一緒に生きていきたい」

「……何を言っているのか、わかっているんですか」

「わかってるよ」

年下の御曹司はたわいもないよう言って肩をそびやかす。

「この恋がフィジカルなものであっても、貫くと決めている。おまえだからだよ、行彦。他のだれでもない行彦だから、俺はこの欲望に、人生をすべて賭ける」

「子どものようなことを言わないでください」

「嫌いじゃないだろう」

一歩も引かず、光太郎は自信ありげに笑う。その笑顔の眩しさの奥に、彼の苦しみがある。

だからいっそう、光は明るく見えるのだ。

「あなたとは、住む世界が違う。……身分が違うんです」

「それが古いんだよ、行彦」

意固地に繰り返す行彦をあっさりとかわし、光太郎は目を細めた。

「ずっと考えていた。おまえを縛るものが何なのか。俺が、家を継ぐことに、何の意味があるのか」

「もう、あなたは話をしないでください」

思わず手のひらで光太郎の口元を押さえる。その手首に光太郎の指が這う。

「もうじゅうぶんだ。行彦」

精悍な目元をやわらかくほころばせ、行彦の手を頬へといざなう。手のひらに頬ずりするような仕草で言った。

「おまえはもうじゅうぶんに、身分だ何だと悩んできた。俺も、それに付き合ってきたつもりだ。……もういいだろう。どうにもならないとわかったなら、そもそも方法が間違っているんだ。だから、考えを変えるしかない」

「……どうして、そんなふうに考えられるんです。ついていけません」

「そうかな。お祖父さまの話し相手を務めたおまえならできる。お祖父さまは先進的な考えの人だ。知っているだろう。行彦なら、絶対に大丈夫だ。ついてこられるよ。……俺が、こんなに好きなんだから」

くちびるが近づいて、触れ合い、重なる。

拒もうとしたが、行彦の手指を絡めたままの手で頬を引き戻された。

「まだ、口説いていてもいいか……?」

いたずらな瞳に浮かんだ微笑みは、行彦の心を根こそぎ奪う。

「……私に、すべてを捨てろと、おっしゃるんですか」

「そうだな。そうなるんだろうな」

光太郎はふっと息をついた。

「……俺も捨てる。だから、一人の男として見てくれないか。牧野の家の跡取りではなく」

「無理です」

行彦は即答した。

「……だめだよ」

甘い声がくちびるに降りかかり、光太郎の舌先が忍び込んでくる。横抱きにされた身体はしっかりと引き寄せられ、行彦はどうしようもなくなって瞳を閉じた。

身体が急激な浮遊感にさらされ、こわくなってまぶたを押し開く。光太郎の首に腕を回してしがみつくと、子どもをあやすようにとんとんと手が動いた。

「行彦、もうだめだよ。おまえの気持ちは知っているんだ。……おまえをだれにも渡したくないし、俺だって、だれにも預けられたくないんだ」

「……あなたはまだ、子どもなんです」

行彦はその場しのぎの言い逃れを口にする。

「わかった」

うなずいた光太郎に押し倒され、行彦は戸惑った。まるでわかっていない。それどころか、言葉を無視されている。

なのに、怒ることも、叱ることも、拒むこともできなかった。

「わかったよ、行彦。俺は子どもだ。だから……」

マントのボタンがはずされ、学生服のボタンにも指がかかる。顔を伏せた光太郎のくちびるに首筋を強く吸い上げられた。そして、視線が合わさる。

「俺を、大人にしてくれ」

言葉と裏腹に、光太郎は匂い立つほどに男らしい。行彦はどうしようもなく甘い息を漏らして、覆いかぶさってくる年下の男を見上げた。

叱りたいと思う。考えが浅いと罵りたい。

けれど、言えた義理ではなかった。迷いに迷って精神を病む寸前だ。

気力を取り戻すには、ただひとつ残された欲求を叶えるしかない。

恋とは、男とは、どうしようもない俗物だ。

熱い息が溢れ、指先で精悍な頬をなぞる。それは明らかな誘いだった。

「……抱いても、いい？」

ねだられて、行彦は首を左右に振った。けれど、衣服を剥がれる。抵抗らしい抵抗はできず、拒む仕草も媚態に変わってしまう。

恥ずかしさに顔を背けると、光太郎は立ち上がった。押し入れから夜具を引き下ろして広げ、庭に向った障子《しょうじ》を閉める。それから学生服を脱いだ。逞しい身体つきが薄明るい部屋に晒され、身体を起こして座り込む行彦は呆然と目で追う。

褌姿になった光太郎は大股に部屋を横切って、行彦を迎えに来た。

「背中が痛いだろう」

「だめです」

差し伸ばされる手を拒んで首を振る。どうしても、素直になれない行彦の腕の下へ手を差し入れ、光太郎は軽々と持ち上げた。立たされて腕を引かれる。

「こういうつもりで、この部屋へついてきたわけじゃありません」

「……俺は、そのつもりだったよ。力尽くでしようと思ったわけじゃない。でも、奪うことが二人のためなら、俺はいつでも罪を犯せる。……そんなこと、させないだろう？」

「ひどい、人だ……」

行彦はぽつりと答える。そのうちにも肩からシャツが引き下ろされた。

光太郎がその場に膝をつき、洋ズボンも脱がされかかる。

「光太郎さん……」

行彦は逃れるように、光太郎の前に膝をついた。正面から向き合い、脱げかけたシャツもそのままに、手のひらで相手の胸を押さえた。

「あなたが罪を犯すということは、私も同じ罪を背負うということです。……これから先、何があっても、どちらか片方の責任ということはないんです。それだけは、覚えていてください」

息が浅くなり、胸の奥まで熱くなる。

「おまえもよく覚えておいてくれ。行彦だけの、罪じゃない」

見つめ合っているうちに光太郎が近づいてきて、行彦は焦らすように身体を引く。立ち上がって背を向け、洋ズボンを脱いだ。

「あ……っ」

不意打ちに撫でられて、声が出る。光太郎の手は太ももにぺたりと触れ、行彦は身動きの取りようもなく立ち尽くす。きつく目を閉じて首を反らし、顔を天井へ向けた。

くちびるが開いて、全身にさざ波が立つ。

指先を追ったくちびるで肌をなぞられ、越中の上から臀部《でんぶ》を揉みしだかれる。やがて布地が乱れ、紐を解かれた。

全裸になった行彦の大腿部《だいたいぶ》を抱き寄せ、光太郎はすがるように頬ずりを繰り返す。淫靡さに震える互いの呼吸が、火鉢の温かさが届かない部屋に広がっていく。

立ったままで下半身をくまなく撫でられ、拳を握り下ろした行彦は何度も震えた。浅い息はいっそう乱れていく。

雪曇りの淡い光が障子を透かして差し込み、ひそやかな情交を薄闇に浮かび上がらせる。

その卑猥さに気づいた行彦の股間は奮《ふる》い立ち、強度を増した。光太郎の手で握られたときには、先端から透明の汁が溢れ、せつないほどの悦が身の内を走り抜ける。

「……あ、あっ……。くぅ……」

二度三度としごかれながら、臀部をきつく吸われる。もう立っていられず、行彦の膝から力が抜けた。その場に崩れ落ちると、夜具へ上げられ、またもや身体中を探られる。

手指が這い、くちづけでなぞられ、たまらずに背を反らした。

「気持ちがいい？」

覆いかぶさってきた光太郎の息は甘く、行彦はもう何も考えられずに首を左右に振る。

身体をよじらせて光太郎の胸を押し返した。快感の強さにこわくなり、受け止めようとした感情を拒みたくなる。

両方の手首が掴まれ、抵抗したが、逃げることは叶わない。やわらかい夜具に押しつけられ、凛々しい光太郎の顔がぐいっと近づいた。

「行彦、嫌がってもやめないよ」

胸が近づき、熱い吐息が耳のそばで滲む。行彦はくちびるを噛みしめ、溢れ返る快感に耐えた。太ももに光太郎の昂ぶりが擦りつけられ、心から好いている男の甘酸っぱい体臭を嗅ぐ。まるで柑橘の実のような香りがして、胸が揺さぶられる。

愛おしさが込み上げ、喉を引きつらせながら訴えた。

「……あなたが、悦《よ》ければいいんです。私の身体を確かめるような、こんな恥ずかしいこと……」

視線をはずして、もぞっと腰を逃がす。光太郎はすぐに追ってきて、逞しく鍛えた太ももを行彦の股間へ擦りつける。

行彦の顎が上がり、こらえた息づかいが喉に詰まった。

「……んっ」

「同じように気持ち良くなければ、いけないいんだ。おまえも、俺も、同じぐらいの快感を得なければ、抱き合う意味がない。そう思わないか」

瞳を覗き込んできた光太郎は、迷うことなく行彦の膝の間に身を置いた。夜具のそばに脱ぎ捨てた服を引き寄せ、ポケットから軟膏を取り出す。

潤滑油代わりのものだと、行彦にもわかる。

「行彦の悦さそうな顔を見たい」

指が足の間へ忍び、臀部の間に這う。行彦はとっさに両腕の肘先で顔を隠した。触れられたことのある場所だ。しかし、今度は言い訳が何もない。

欲しがる気持ちだけが勝っていく現実に奥歯を噛んで耐え、ぬめりを塗りつけながら入ってくる指を感じる。違和感よりも、人肌の熱さにおののいた。それが光太郎の指だと思えば、なおさらだ。

「ん、ん……っ」

片足が肩に担がれ、指は抜き差しを繰り返した。侵入の深度が増していく。

「……っ、は……っ」

艶かしい指は、きつく閉ざす場所を、焦れもせず丁寧にほぐした。一本の指がぬぐっと押し込まれ、ゆっくりと引き抜かれる。そしてまた、なめらかにいやらしく入っていく。

一本が二本になり、潤滑油が足される。指の動きは奔放になった。それだけほぐれているのだと知り、行彦は肌を火照らせた。

指は、出入り口を広げほぐそうと、ねじれながら動く。

「あっ……んっ、あ、あっ……」

指の節に内側から押し広げられ、腕で顔を隠している行彦は小さく喘いだ。

かつての情交が思い出された。ほんの先端を押し込まれただけの行為だ。今度はもっと深く根元まで押し込むつもりだろう。

肘先を少しずらして盗み見ると、うつむき加減の光太郎が目に入った。凜々しい顔立ちに逞しさが加わり、結合を待ち望んで焦れる男の顔は息を飲むほどに艶かしい。若さと色気の両方に打ちのめされ、行彦は身体の力を抜いた。

大きく息を吸い込み、夜具に投げ出した足先で布地をたぐる。未知の興奮が下腹部の奥から溢れ、屹立がわななくように揺れて濡れていく。

「……行彦」

ふいに身を屈めた光太郎の息がかかる。止める間もなく、先端をしゃぶられて驚いた。

「あぁっ……ッ」

舌で舐められ、指で突かれ、行彦は羞恥も忘れて身悶えた。声さえも溢れる。

「あっ、ぁ……、そん、な……っ、く……」

何を受け入れて、何を否定するのか。思考が、混沌と乱れてしまう。

「いい？」

濡れた音をさせてくちびるを離した光太郎は、口元を指先で拭って身を起こす。

問いかけの意味は曖昧だ。行彦は朦朧として、腰を引く。

逃げると思ったのだろう光太郎の片手に引き戻される。

「……後ろから」

行彦はおずおずと訴えた。すると、後ろの穴に深く潜り込んでいた光太郎の指が抜ける。行彦は自分から後ろ向きにうずくまった。

　両膝をつくと、腰を掴まれる。高く持ち上げられ、行彦は観念して額《ぬか》ずいた。

　向かい合っているのとは違う恥ずかしさだ。肌が熱く火照り、身体が硬く緊張する。光太郎が自身に塗りつける潤滑油の音がやけに大きく聞こえた。

　声もなく、片手で臀部を掴まれる。

　緊張をほぐすように揉んでくる指は湿りけを帯びて汗ばみ、光太郎にも彼なりの緊張と興奮があるのだと理解した。受け入れる側と受け入れてもらう側。その瞬間の惑いは、形を異にしていても共通している。

「……ん……っ」

　行彦は小さく息を漏らした。

　臀部の肉を掻き分け、切っ先がすぼまりにあてがわれる。そのままでは押し込めず、指がふたたび挿入され、その先達《せんだつ》に添って硬い昂ぶりが進んだ。

「ん、く……」

　光太郎の息がくぐもった。大きく膨らんだ先端を押し込もうとする困難に、苦しげな呼吸が続く。押し当てられている行彦も息を浅くした。

　互いの焦りが身体を緊張させ、ひと息には繋がれない。けれど、光太郎は後退しなかった。ねじるようにしながら、ゆっくりと挿入され、浮き上がる腰裏を押さえつけられる。

「は……ぁ……はっ……」

行彦の息は、か細くなる。上擦る声をこらえても、圧倒的な質量はやり過ごせない。

「あ、あ、あっ……っ！」

ずくっと衝撃が走り、先端がすぼまりの輪を抜けた。

「は、ぅ……っ、う……んんっ」

「……ゆっくり、するから……」

息を弾ませた光太郎の指が行彦の臀部を揉みしだく。すぼまりの襞が左右に引っ張られ、潤滑油が足される。苦しいながらもすぼまりのあたりは馴染んだ。

浅い場所から次第に奥へと、熱が動いていく。未知の苦しさが続き、行彦は呻いた。

「もう……っ」

慈悲を願って夜具にすがったが、与えられたのは甘いくちづけだ。身を屈めた光太郎のくちびるが背中に触れ、星を刻むように飛び飛びに動く。

「あぁ……」

くすぐったさが淫靡な快感へと姿を変える。行彦は打ち震えた。ぐぐっと押し込まれる肉の存在感を飲み込む身体は、自我を超えて歓びを貪り、好いた男のすべてを味わい尽くそうとする。

「あ、あっ……あっ」

光太郎の動きに合わせて息が弾んだ。それは次第に、光太郎の息との協奏に変わる。快感を求めた光太郎がひと突きすれば、行彦の身体は彼をやわらかく締め上げて悶え、それによって、光太郎の息が火照りを帯びる。

そして今度は引き抜かれ、また貫かれ、息と息とが乱れ絡んで、肌はしっとりと汗ばむ。

「……あ……、あぁ、んっ……んっ」

喘ぐ行彦の脇腹から、光太郎の指が胸へと這う。小さな突起を探られ、指に挟みこねられた。じんとした痺れに腰が跳ねる。

「こう、たろ……さん……。だ、め……」

振り払おうとしても、両手は身体を支えていて動かせない。行彦はされるがままに快感を与えられ、汗で湿った髪を振り乱した。

小さな乳首はそれなりにしこり立ち、こねられると腰骨が疼く。

「あぁっ……ん、んんっ……」

「行彦……、行彦」

背後に寄り添って腰を揺すっていた光太郎が、突如として身を引き、結合を解く。何ごとかと驚く間に転がされ、今度は正面からのしかかられる。

膝の裏をすくい上げられ、両手を夜具に投げ出した行彦は、ふたたびの挿入を受け入れる。

あれほど苦労して押し込んだのが嘘のようにすぼまりは口を開いていたが、奥の肉襞は隘路《あいろ》のまま光太郎をきつく締め上げた。

「あぁ、行彦……。狭くて、すごい……」

屈託のない称賛に行彦は羞恥を覚えた。それもまた快感に変わり、くちびるを噛みながら背を反らす。

「後ろからと前から……どっちがいい」

「そんなこと、聞かないで……くださ……ぃ。あ、あっ……やっ」

ぐいぐいと腰を押しつけられ、根元からそそり立つ棒状の肉で掻き回される。喘いだ行彦は、身体の脇に立てられた光太郎の腕を叩いた。

「加減を、して……っ。あっ……ッ」

「してるよ。これでも、してる……」

「少し、止まって」

「俺が止まっても、おまえの中が動いているんだ」

「嘘だ」

行彦が睨むと、光太郎は眉根を引き絞って動きを止める。

数秒すると、光太郎の腰がひくっと跳ねた。

しかし、光太郎が動いたのではない。彼を包んだ行彦の内壁が、波立つようにうごめいているのだ。動きを止められると、行彦にもそれがわかった。

突かれる快感がなくても、腰が焦れていく。

「……んっ……」

耐えきれずに腰を揺らした行彦は顔を歪めた。光太郎の片手が、その頬にあてがわれる。

「俺を欲しがってる証拠だ。……何が悪いんだ」

「……だ、って」

戸惑った行彦は子どものように返し、唯一頼れる男を見つめた。

「気持ち、いいんですか……」

「当たり前だ。繋がってるだけでも嬉しいのに、こんなに感じてくれて……。最高の気分だ」

くちびるが頬から顎をたどり、首筋から鎖骨に至る。

そして、しこり立った乳首をきつく吸った。

「あぁっ……ん……っ」

行彦は耐えきれずに光太郎の頭を掻きいだいた。髪に指を差し込み、ぐちゃぐちゃに掻き回す。

くちびるを求めると、舌先から触れ合い、それと同時に光太郎の腰が動きだした。激しく何度も抜き差しが繰り返され、行彦は喘ぎながら光太郎の頬を両手で包む。

凛々しい眉が、強い快感に乱れて歪むのを眺め、倒錯的に興奮した。苦しむほどに求められる感覚は後ろ暗い幸福だ。

罪を犯していることを思い出し、行彦は強烈な墜落感に晒される。

けれど、それさえも一人ではなかった。二人で絡み合い、激しく交わりながら堕ちていけるのなら、人生のすべてをこの一瞬に賭けてもいいと思う。

代償はあとで支払うだけだ。どんなことをしても、贖《あがな》ってみせる。

「……好き」

涙声で訴え、行彦はまっすぐに光太郎を見つめた。視界は潤んでいたが相手の顔ははっきりとわかる。

「好きです、光太郎さん。好き……。離さないで」

願うままに抱き寄せられ、背中から肩へと腕が回る。いっそう深く貫かれ、行彦は悦楽の甘い声を上げた。

「行彦……」

少しずつ追い詰められた光太郎の息が短く弾んでいく。行彦はすべてを受け入れるつもりでいたが、最後の瞬間は素早く引き抜かれた。熱い吐精が、荒い息に合わせて上下する行彦の腹部に散る。

「おまえも」

行彦の膝の間に収まった光太郎の手が、透明の体液を滴らせる行彦を握った。

「ん……っ、あ……」

乱れ喘ぐさまを晒し、行彦の肌は淡い紅色に燃える。見られていることが歓びになり、根元からしごかれ、ひとたまりもなく搾《しぼ》り取られた。


特別室には温泉を引き入れた内風呂がついていた。汗を流せたのは良かったが、一度の交わりにさえ疲労困憊した行彦は、光太郎の介助なしでは湯船にも入れない。大きく開かされた足と腰に力が入らず、明日のことがいまから心配になるありさまだ。

なんでも屋をして貯めた金をつぎ込んだ部屋は時間貸しだから、今夜は寮へ戻らなければならない。

おぶって帰るなどと笑う光太郎は上機嫌だったが、行彦の心は先行きの不安で塞いだ。

昼と夜ほど性格の違う二人だ。温度差は仕方がない。

温泉の湯で温まった身体を旅館の浴衣で包み、行彦は注意深く歩いて縁側へ腰を下ろした。籐の椅子にしなかったのは、外気に当たりたかったからだ。

雪雲は去り、日暮れが近づき始めている。

硝子戸を開けた縁側は、風もなく、ひんやりと心地がいい。丹前《たんぜん》を手にした光太郎が追ってきて、行彦の隣に座った。

肩を寄せるように近づかれて、頬にくちびるが当たる。

　行彦は肩をすくめるだけで咎めなかった。浮かれている光太郎からは甘酸っぱい幸福が溢れ、将来の不安が薄まっていくようだ。

「行彦。おまえの心配ごとを確かめておきたい」

　にこやかに振る舞っていても、肝心なところは押さえるのが光太郎だった。行彦は安心して微笑んだ。

　考えすぎても、答えは出ない。できるのは、あきらめることと割り切ること。そして、考えを変えること。それぐらいは承知している。

「お祖父さまのことか」

　光太郎の問いに、うなずいた。

「でも、はっきりしたこともあります。……光太郎さんに結婚を勧めることはできません」

「そういうところ、好きだな」

　組んだ足に頬杖をついて見上げてくる光太郎は見違えていた。まるでひと皮剥けたように溌剌として、ものごとを知ったような顔で微笑んでいる。

「俺を無視して、どうするつもりだったんだ」

「……身を引くしかないと思っていました。学校を辞めて、どこかへ消えれば、少なくともあなたに結婚を勧めずに済む」

「残された俺のことを考えていない」

「……あなたは靱い人ですから」

「まさか……。わかってるだろう？」

薄笑みを浮かべた顔で言われ、行彦はまつげを伏せた。

「年上なのに、あなたに頼ってばかりだ」

「そうして欲しいと俺が願っているからだろう。……おまえが弱いのは俺にだけだ」

手を握られ、行彦は静かにうなずいた。

「冷たいことをして……、申し訳なかったと思います」

「身を引くか、俺に結婚を勧めるか……。どっちを選んでも、俺はおまえらしいと思うよ。俺には俺の流儀があるし、おまえにも、おまえのやり方があるだろう。それはこれからだって尊重していくつもりだ。……できる限り」

苦々しく笑った光太郎は肩をすくめた。待っていると言いながら、逢い引きの部屋に誘い込んだことを恥じているのだとわかる。

慰める言葉は持っていたが、行彦はあえて言わなかった。いまではもう、こんなときだけしか光太郎の可愛げを見ることができないのだ。

「行彦。まず、周りのことだ。緒方は、俺の気持ちを知っている。飯田も利口な男だから気づいているだろう。おまえの気持ちについては、二人とも見て見ぬふりをするはずだ。俺にも何も言わなかった。それから、お祖父さまには、もう手紙を書いた」

思いがけないことを言われ、行彦は小さく飛び上がった。

「まさか、二人のことを……っ」

目を見開くと、光太郎も行彦の反応に驚いた。破顔して首を左右に振る。

「手紙で伝えることじゃない。ただ、いまはまだ婚約したくないと伝えただけだ。……好きな人がいると書いた。お祖父さまは牧野の家の中でも先進的な考えの人だ。順を追って話せば、家を継がないこともわかってもらえる。おまえのことは、もちろん伏せておくよ。春までに手回しをして、まずは、この縁談が婚約に至らないように助力を願う」

「……うまく行くでしょうか」

「そもそも婚約の話を持ち出したのはお祖父さまだ。俺の悪所通いをどこかで知ったんだろう。案外、密偵が飛んでるのかも知れないな。聞かされていないだけで、知り合いが松川に住んでいる可能性もある」

「確かに。学校の候補はいくつかあったのに、お祖父さまのお許しが出たのは松高だけでしたね。おそらく、そういった事情があってのことでしょう」

「……俺は、案外、二人のことが知られているようにも思うよ。少なくとも、俺の気持ちは」

行彦が動揺しないように手のひらを見せて制し、光太郎は重いため息をついた。

「俺が最も恐れているのは、おまえと引き離されることだ。……行彦が俺の妨げになることよりも、俺がおまえの道を奪うと思われている可能性が高い。お祖父さまは、おまえの才気を買っているからな」

「でも、こんなことになってしまって」

「……不満か？」

光太郎の瞳が鋭くなる。行彦は首を振って否定した。

「私は幸福です。でも……、牧野の家からしてみれば……」

「家だ何だと言っても、うちは維新で仕事にあぶれた武士だ。時代に合わせて変わっていくのが宿命だろう。問題は、いかに一族の権力者に取り入るか、その一点だ」

「そんなことを考えていたんですね」

行彦は驚き、そして笑った。なかなかの策士だ。

「緒方のおかげかも知れませんね」

気障な軟派のふりをして、あの友人の腹は黒い。

「……おまえと生きるためなら、ない知恵も絞るし、不可能も可能にする。ただ、覚悟だけ、決めて欲しかった」

だから、待つと言ったのだろう。何ひとつ奪わず、並び立っていることが光太郎の望みだ。

そこには、封建的な主従の関係はない。

「もしものときは、家を出る」

いきなり言われたが、行彦はもう驚かなかった。

肩を落として、小さくため息をつくだけだ。

「無茶なことをおっしゃらないでください。あなたは何ごともないようなふりをして卒業すればいい」

「その間に、外堀を埋められるなんてことは、性に合わない。いくつかの伝手は見つけてあるから、書生にでもしてもらうつもりだ。学校は休学しておけばいい」

「おやめなさい」

行彦はたしなめる口調ではっきりと言った。

「そういうことは、私がします」

「おまえの学費は、緒方の家に借りる。書生にはさせない」

「……なぜです。意味がわかりません。私だってその気になれば書生の先ぐらい……」

「相手が助平だったらどうする。おまえに手を出されたら、刃傷沙汰《にんじょうざた》だ」

光太郎はぶつくさ言って、頬杖をつき直す。不満げな頬に年下の幼さが見え、行彦はそっと指で突いた。

「いけませんよ。短気は損気ですから」

「おまえに関わることだけは無理だ。俺のものだからじゃない。おまえのことが大事だから、だれにも傷つけさせたくない」

「……優しいですね」

光太郎の肩に手を乗せ、そっと身を寄せる。くちびるを耳元に近づけると、振り向いたくちびるが触れてきた。

「俺は……、入学してすぐの説教ストームで、喜々として討論していたおまえが忘れられない。伸びやかに学んで、ひとかどの人物になって欲しいんだ。その隣にいたいから、俺も懸命に勉強している」

「あなたこそ将来性があります。どうぞ、道を見誤らないでください」

「……おまえがいれば、進める」

まっすぐに見つめられ、光太郎が眩しくてたまらない行彦は目を細めて返した。

幼く弱気なことを言っているのに、光太郎から感じられるのは強い意志だ。

「わかりました。一緒に行きましょう」

光太郎の背中に手を回して、肩にもたれかかる。温かいものが胸に溢れる一方で、宗之を裏切っている事実がまた苦々しくのしかかってきた。

しかし、いつかはやり過ごせる。

光太郎を失うことに比べたら、他のものはひとつも惜しくない。

だれかのために生きるのなら、それは光太郎のためでありたいと心から願う。

道はあるはずだ。なければ、作るしかない。

けれど、宗之や家族には顔向けできなくなるだろう。詫びればいいという話ではなかった。

許されようとすることは、罪人の身勝手だ。

咎を背負ってでも一緒に生きていきたいと願う男の身体に寄り添い、行彦はくちびるを引き結ぶ。

つらい覚悟をしているはずなのに、胸の奥はまた燃えていく。

恋をしているのだと実感して目を閉じた。引き戻すことは望まない。光太郎といることだけが、行彦自身の望みだった。

＊＊＊

ちくちくとした痛みを伴う幸福は、浮き足立たずに済むだけ、行彦の身の丈に合っていた。

度を超さずに日々を過ごし、行彦と光太郎は『若さまと侍従』の関係をふたたび演じ始めている。それでも、くちづけは朝と夕に交わし、肉体的な愛撫もたまに行う。

挿入を控えているのは、自制を利かせた光太郎が避けるからだ。身体を気づかわれていると知っていながら、行彦はわずかに焦れていた。

寮の部屋で激しく交わるわけには行かず、温室や別の場所を選んでも限度がある。連れ込み宿に通うこともできなかった。

けれど、充足しないという現実も愛おしくはある。その気になれば、光太郎を得ることはできると知っているからだ。

そうして季節は移ろい、雪の降る日が減っていく。梅の花の香りが風に交じり、春めいたと思うと、翌日にはまた積雪が繰り返される。

しかし、日に日に雪は融けた。いつまでも残っているのは、日陰に寄せられた雪山だ。建物の屋根や、日向に積んだ雪は少なくなり、道もぬかるむ。春は確実に近づいていた。

外国人教師に誘われ、学生ホールで茶を飲みながら会話を楽しんでいた行彦は、血相を変えて飛び込んできた緒方に気づく。あまりの慌てぶりに驚いた。

髪の乱れを直そうともせずに一目散にやってくる。

「牧野からの伝言だ」

行彦の腕を掴んでホールの隅に連れていくと、緒方は息を弾ませながら声をひそめた。

「温泉街の宿に、お祖父さんが来ている。これはきみへの呼び出しの手紙だ」

そう言って差し出されたのは、折りたたんだ紙だ。封筒がないのは、宿からの使いが届けたからだろう。開くと、短い文章が書き付けられていた。

温泉宿に滞在しているから遊びに来るようにと、誘いの文言だ。宿の名前も記されている。

「受け取った事務員が、たまたま牧野に預けたんだ」

「光太郎さんは呼び出されていないのか……」

嫌な予感はしたが、怯えたところで始まらない。春に予定していた話し合いが前倒しになっただけだと思い直し、行彦は覚悟を決めた。

光太郎が先に出かけたのは、二人きりでしておきたい話があるからだろう。

「緒方は先生のお相手をしてくれ。私はこのまま、出かける」

「正門の前に、宿が用意した俥夫《しゃふ》が待っている。牧野は歩いて出かけたから、もしかすれば途中で合流できるかも知れない」

「わかった。ありがとう」

会釈をした行彦は、教師の元へ戻り、中座の無礼を詫びてからホールを出た。学生帽をかぶって、ヒマラヤ杉の間を抜ける。マントは着ていない。

緊張で動悸《どうき》が速くなり、とても冷静とはいえなかった。

行彦の家族だけでなく、光太郎の家族も松川まで来たことがない。老体の宗之が訪ねてきたのは異例だ。

結婚を渋る光太郎を説得しに来たのか。それとも、松川にいるとも知れない宗之の間者が、二人の仲に気づいてしまったのか。

最悪の想像をしながら、行彦は一人乗りの人力車に乗り込んだ。

どんなことが起こっているのだとしても、立ち向かわなければならない。

大きな身体つきの俥夫は、ぬかるみをものともせずに俥《くるま》を引く。頬に冷たい風が当たり、行彦は道の向こうに目を向けた。わずかに咲いている梅の花が、ほのかな紅色の点に見える。

光太郎に追いつくだろうと期待したが、姿はついに見当たらなかった。俥が停まったのは、光太郎と利用した温泉宿だ。このあたりでは一番の宿だから不思議はない。玄関から中へ入り、応対に出てきた仲居に要件を伝える。

にこやかに案内され、階段を上がった。三味線の音が近づき、昼間から芸妓を呼んでいるのだとわかる。そこが宗之の部屋だった。

「お客さまがお着きでございます」

次の間で膝をついた仲居が襖《ふすま》へ向かって声をかける。向こうから低い声が返り、仲居が襖を開けた。促された行彦は身を屈めながら入る。

学生帽を取ってその場で膝をつく。背後で襖が静かに閉じた。

目の前では芸妓が踊り、地方《じかた》が三味線を弾いている。

半玉をそばに置いた宗之は、広い和室の奥にいた。斜め前方に光太郎が座っている。その向かいにも座布団が置かれ、それぞれの膳も据えてあった。

白髪を撫で上げた宗之は和服に身を包み、悠然とした仕草で行彦を呼び寄せる。空いている席を勧められ、遠慮しながらも着席した。

火鉢は遠く、背にした襖からはひんやりとした冷気が忍び寄る。

けれど、ひどく緊張している行彦の学生服の中はしっとりと汗をかいていた。

芸妓の踊りが終わるのを待つ間も、光太郎とは目を合わせない。膝へ置いた拳がかすかに震え、力を入れたきり、動かすことができなくなる。何度も気が遠くなり、三味線の音が頭の中で小さくなったり大きくなったりを繰り返した。

「久しぶりだな。行彦」

一曲が終わり、宗之から声が掛かる。行彦はとっさに座布団から下りて、膝の前で指を揃えた。身体が動かないのではないかと案じていたが、深々と頭を下げて挨拶をすることができた。

「ご無沙汰しております。牧野のお祖父さまには、お変わりもなく……」

「退屈で退屈で、仕方がないから来てみたよ」

羽織を着た和服の袖の中で腕を組み、宗之は洒脱《しゃだつ》な仕草で首を傾げた。五十で隠居して十年、一族の間ではおおらかな遊び人として知られる男だ。

「話は、光太郎から聞いた」

宗之はちらりと孫へ視線を送り、芸妓も半玉も座敷から出す。

酒を勧められ、嫌な汗をかいている行彦は一献《いっこん》だけ猪口《ちょこ》で受けた。

その間も光太郎を見ることはできなかったが、予定通りの話をしたに違いない。婚約も結婚も先延ばしにすること。そして、惚れた相手がいることだ。

「これの婚約を急いだのは、おまえに迷惑がかかると思ったからだ」

手酌で飲みながら、宗之が言った。

「ふらふらと目的もなく悪所へ通い、孕《はら》ませでもしたら一大事だ。光太郎にとって困るのではない。お目付役を押しつけられた、おまえの評判に関わる。そう考えた」

宗之の話を聞き、行彦は深々と頭を下げる。

「私ごときに、お気づかいいただき……」

「堅苦しい会話はやめよう。ここにいるのは我々の三人だけだ。牧野の家にも、白石の家にも筒抜けになることはない。……光太郎の惚れた相手は、おまえで間違いないだろう」

出し抜けに言われ、飛び上がったのは光太郎だ。

「俺は言ってない！」

無実の叫びを聞き、宗之が呵々《かか》と笑った。

「もちろん聞いてはいない。そういうことだ、行彦。これは何も言わなかった。……わしの勘だよ。そもそも、おまえを連れて進学すると言ったのは、光太郎だからな。初めから頭にはあった。……知らなかっただろう」

光太郎からの指名があったことだ。

「てっきり、お祖父さまが……」

「もちろん、そのつもりはあった。わしは一年先に東京の学校へやるつもりだったが、いろいろと調整に手間取ってな……。そのうちに光太郎が地方へ行きたいと言いだした。まさか、手を出すとは思わなかったが……、申し訳ないことをした」

「え？」

驚く行彦の前で、宗之は頭を下げた。

「そんな……、やめてください。あぁ……本当に」

視線で光太郎に助けを求める。それとほぼ同時に、宗之が身を起こした。

「不本意に受け入れたのなら、ここではっきりと言ってもらえまいか。後腐れなくあきらめをつけさせて、今日にでも連れて帰る。もちろん、おまえは勉強を続けなさい」

「不本意ではありません」

宗之の言わんとしていることを悟り、行彦は毅然《きぜん》として言った。

「同意の上の関係です。お役目をいただいておきながら、この体《てい》たらく……。申し開きのしようもありません」

畳に手を突き、平身低頭で詫びる。挨拶のときとは違い、額をこすりつけた。

許しを乞《こ》うわけではない。ただ期待を裏切ってしまった詫びを入れたい一心だ。怒りを買えば、二人して今夜にでもここを去る。

同じ気持ちでいるはずの光太郎が無言で席を立ち、行彦の隣に膝をついた。同じように頭を低くする。

「困ったものだな」

宗之はしわがれた声で言い、煙草を取り出して口に挟む。燐寸を擦って火をつけた。

「さっきも言ったように、光太郎の結婚話は、行彦の気苦労を減らしてやるためのものだ。しかし……、結婚もせずに男同士が生きていくとなると、道は険しいぞ」

「別れろと、おっしゃらないんですか」

光太郎が顔を上げて言った。行彦は両手をついたままで、祖父と孫の関係にある二人を交互に見る。宗之が答えた。

「言って欲しいなら、言ってやるが……。どうだ」

「いいえ、けっこうです」

「だろうな。わしは行彦だけを呼び出したというのに、本人よりも先におまえが飛び込んできた。迷惑な話だ。孫ほども歳の離れた分家の子を、どうにかすると思ったか」

宗之は意地悪くニヤニヤと笑い、煙草をふかす。膝に手を置いた光太郎は背筋を伸ばした。

「行彦の容姿はこの通りですから、油断なりません」

「おまえの祖父だぞ」

「……若い頃の武勇伝をいくつか聞いています」

「だれからだ」

「亡くなったお祖母さまからです」

「それはごまかしようもないな」

宗之は破顔して煙草をくゆらせた。

「……行彦は気にしなくていい。ささいな自慢話だ。それで、光太郎、どうするつもりでいる。

どうせ、おまえがごねて口説いたのだろう。悪いところばかりが、わしに似るようでは困るぞ」

「……それは」

光太郎が口ごもると、宗之はなおもゆったりと煙草を喫《の》んだ。

「形ばかりに嫁を取ることもできるだろう。その上で、二人して大学へ進み、稼業を継げばいい。その頃には、周りも行彦の才気を認めるだろう」

「それはそうでしょう。しかし、嫁は取りません」

光太郎が答える。

「家はどうするつもりだ」

たたみかけてくる宗之の攻め手はゆるまない。二人のやりとりを見守るしかない行彦は焦れた。その場しのぎに、自分はかまわないと言いだしそうになり、くちびるを引き結ぶ。

余計なことを口走って、光太郎を窮地《きゅうち》に追い込んでは元も子もない。

「二人の仲が知れ渡れば、本家の人間から鞭打《むちう》たれるのは行彦だ。それを承知で、彼を巻き込んだのだろうな」

宗之の言葉は鋭く、傍《はた》で見守る行彦は不安に駆られた。光太郎が心配でならない。

「家を出れば、解決すると思っているのか」

宗之はなおも続ける。それに対して、光太郎は背筋を伸ばして答えた。

「……自由に生きていきたいのです」

「自由に？」

宗之はわずかにせせら笑い、ちらりと行彦を見た。同情するような瞳が細められる。

「おまえのいう『自由』とは何だ、光太郎」

行彦から、光太郎へと視線が動く。しかし、光太郎と行動を共にしようとする行彦にも、同じ質問が投げかけられている。

「おまえたちの間にある感情が、単なるシンパシーではないと言い切れるのか？……肉体的快感、もしくは情愛に対する耽溺ではないと。……光太郎、おまえが選んだ結果、男一人の人生を踏みにじるかも知れない。そんな生き方を選ぶことが『自由』か」

「僭越《せんえつ》ながら……」

行彦が身を乗り出すと、光太郎の手が身体の前に伸びてきた。

「自分の気持ちのままに生きようとは考えていません」

光太郎は、はっきりと答えた。

「これが一過性の熱病であるかも知れないと危惧する気持ちもあります。情にすがり、欲に溺れている自覚もあります。それでも、離れがたい。……この優秀な男が、他人の手に渡るかと思うと、それが女でも男でも我慢がならない。彼を支え、彼の実力を伸ばす手助けをしたい。そのために、俺自身も必ず成長します。どうか、猶予《ゆうよ》をください」

行彦を下がらせ、光太郎は噛みつくでもなく、淡々と主張を並べた。去年の説教ストームで、討論を避けて眠ろうとしていた男と同一人物だと思えない成長ぶりだ。

「もしも耽溺でないときれいごとに走れば、許さなかったものを……」

宗之はくちびるの端を曲げて、煙草を揉み消した。長く息を吐き出し、片手で自分の肩を叩きながら脇息《きょうそく》へもたれる。

「行彦。これは、よくできた孫だ。わしの自慢だ。跡取りとして申し分ないが、この国を背負って立っても問題ないぐらいだと思う。どうだ」

「……おっしゃる通りです」

「うん。だから、そちらにも相当の覚悟をしてもらわねばならん。自信がないなら、身を引いておくれ」

光太郎に対するのとは違い、宗之の口調は穏やかだ。しかし、一本筋が通っている。

行彦は背筋を伸ばし、畏《おそ》れを感じながら宗之を見た。

「ふさわしい人間となれるよう、誠意努力を致します。どうぞ、もうしばらく……」

口にしてから、そうではないと思った。しばらくではなく、永遠に、この男のそばにいてもいいと言われたい。

しかし、過ぎた望みだとわかっている。まずは目先の学業、そして卒業することだ。あと一年、この生活を守らなければならない。

「では、しばらくは見守ることにしよう。人の堕落はいともたやすい。ゆめゆめ忘れるな」

二人に向かって言い、宗之は徳利《とっくり》の首を摘まんだ。

「ときにな、若いお二人さんよ」

そう言ながら、手酌で猪口を満たし、くいっと喉へ流し込む。

「これは老いぼれからの忠告だ。よぅく聞いておけ。……おまえたちは、もっとしたたかにならなければ、いかんぞ。世間はデモクラシーだ何だと騒がしい。そのうちに諸外国とも喧嘩をせねばならんだろう。使えるものは親でも使うのが牧野家だ。そうやって、わしの父親、光太郎の曾祖父は一族を食わせてきた。しかし、いつまでも同じ方法では行き詰まる。光太郎、行彦、おまえたちは世界を見てこい。大学へ進んでからでもいいだろう。牧野の家の人間はすっかり丸くなりおって、武士の精神など忘れ果てている。それもそれで悪くはないが、わしは光太郎に夢を見たい」

また酒を注ぎ、猪口を口元へ運ぶ。楽しげに独り言ちて笑い、鷹揚に首を傾けた。

光太郎は宗之に似たのだ。行彦には、はっきりと確信が持てる。

宗之は、若い二人の悩む心を読んだかのように言った。

「牧野の家は、光太郎の弟に継がせれば良い。何も家長制にこだわる必要はなかろう。そんなものは時代遅れだ。ただし、光太郎、おまえは行彦の人生を振り回すことになるのだから、それを何よりも考えろ。あとのことなど、どうとでもなる。なるようにしろ。それが男子の責任というものだ。……行彦も、今後は、これを支えることばかりに気を取られるな。世界は広い。洋行で外国を見て、自分の相手として不足ありと思えば、別れ話はわしに相談してこい。きれいさっぱり、縁を切らせてやる」

笑って行彦を手招きし、猪口を差し出す。

受け取った行彦は、たっぷりと注がれた酒をあおった。震えるかと思った手は意外にもしっかりと動き、自分でも度胸がついたと驚く。

「光太郎も来い」

宗之に呼ばれ、光太郎もそばへ寄る。

「なぜ、別れる前提で話をするんですか」

祖父に対する気安さでぼやいた声は朗らかだ。宗之の膳を三人で囲み、ひとつの猪口を回して酒を飲んだ。

「あぁ、面白くない」

光太郎そっくりの声で、宗之が肩を落とす。

「こんなことになるのなら、行彦を松川になどやるのではなかった。……光太郎よ。おまえは、行彦の手で、大人にしてもらったようなものだ」

その言葉に、二人は同時に肩を引き上げた。

ぞくっとした痺れをごまかして真顔になり、目も合わせずにうつむく。光太郎は、大人にしてくれと言って、行彦を抱いたのだ。一瞬だけ、記憶がよみがえって駆け抜ける。

老獪《ろうかい》な宗之は、何もかもわかったような顔をして立ち上がり、襖を開けた。仲居を呼ぶ。

本当に二人の仲を許しているのかも怪しい。ただ、モラトリアムの中での迷いを認めただけかも知れなかった。

それでも、二人にとっての活路が見いだせたことは事実だ。

退室していた芸妓が戻り、宴会が始まった。

ここいらでは一番うまいと評判の地方が三味線を弾く。しかし、所詮は地方の温泉芸者だ。音や歌声に、拭えない野暮ったさがある。それが何とも言えずに鄙《ひな》びた風情になり、都会では聴くことのできない妙味《みょうみ》を醸《かも》し出す。

「俺たちは、ひとまず、あの人に勝たなければ」

酔った光太郎に耳打ちされ、行彦は笑いながら答えた。

「勝てませんよ。あの方は過去を生きてきたのだから。私たちには私たちの未来があります。懸命に、やってみましょう」

考えれば考えるほど、年老いた宗之にはすべてを見透かされている。不思議と悔しくて口惜しい。行彦も同じ想いでいることは、交わした視線で伝わった。

隠居しておきながら、宗之は実に社会の動きをよく見ている。一族郎党のためにも、新しい価値観が必要な時期に来ていることは確かだ。

本家や分家、跡取りや家族。些末なことにこだわれば、極東の小さな島国は全世界と渡り合えない。それが広い視野を持つということなら、牧野の曾祖父が維新の混乱に負けず新しい商売を手にしたように、行彦と光太郎も世界へ出ていく。

新しい時代、新しい世界。それはこれからを生きる二人の未来だ。

「おまえは頭がいい。その上に、顔も良くて、身体も……」

「飲みすぎですよ」

口元を手で覆って黙らせると、光太郎に手のひらを舐められた。

決意が重くなりすぎないのが光太郎のいいところだ。宗之の聡明さを父親よりも純粋に受け継いでいるのだろう。

行彦は小さく笑って手を引いた。光太郎を睨むと、機嫌を取るように顔を覗き込まれる。

怒りきれずに笑顔をこぼし、一緒に生きていけるのなら、どんな困難も乗り越えていこうと心に誓う。洋行を家族に反対されたとしても、今度こそ、あらゆる伝手を利用して意志を貫くつもりだ。

かつて、進学をあきらめたようには決して生きない。

「きれいだな、行彦」

しみじみと言われて、行彦は襖を開けた。大きな月が空にかかっている。

「あなたは、あれを見ておいでなさい。つまらないことばかりを言って……」

冷たく言い放ったが、光太郎は生返事で、やはり行彦を見つめる。

宗之のそばで見ていた半玉が口元を押さえた。鈴のような笑い声が三味線に交じり、楽しげに響いていた。

＊＊＊

開けた窓から吹き込む南風はそよそよと優しい。

期末試験が再び近づいていた。対策ノートはよく売れて、なんでも屋の懐は温かい。

行彦と光太郎も勉強に励んでいたが、夜風の心地よさに誘われ、おぼろ月の明かりを頼りに窓辺へもたれ、花の匂いを嗅いだ。梅から杏子《あんず》へと花が変わり、やがては桜も咲く季節だ。

宗之と会ってから、二人は語学に力を入れるようになった。文法ももちろんだが、外国人教師を捕まえて会話することも、以前に増して積極的に行い、日常会話だけでなく、意見を交わせる語学力の研鑽に努めている。

ひと口に洋行と言っても、遊学もあれば留学もある。どの国を選ぶのかも、問題だ。

「独逸か、亜米利加《アメリカ》。英吉利《イギリス》。ひと通り、見て回るのもいいだろう」

窓の桟《さん》に肘をついた光太郎が、こめかみを指で支えながら言う。

「目的をはっきりさせたほうがいいかも知れません。それによっては、紹介状も得られます」

「政治よりは産業だろうな」

「軍事関係は成り行きに任せましょう。諜報《ちょうほう》だと思われると、困ります」

「格好はいいけどな」

「妙な憧れは身を滅ぼしますよ。……困りますから」

長いまつげを伏せて言う。滅んでもらって困るのは本心だ。惚れた男には、いつまでも五体満足でいて欲しい。

「金は本家から引っ張ろう。どうにかなるさ」

光太郎が屈託なく笑う。行彦もつられて微笑んだ。

消灯を過ぎた寮舎は静寂の中にある。月の明かりが滲んだ春の宵《よい》に浮かれて、光太郎の指が伸びてくる。くちびるをそっとなぞられ、浴衣の行彦は前のめりに近づく。光太郎も寝間着の浴衣だ。

裾は乱れて、鍛えた太ももが露わになっている。

無言でくちびるを触れ合わせ、互いのくちびるを味わって食《は》む。また風が流れ、浴衣の裾が光太郎の手でまくられる。

咎めることもなく、行彦はまつげを伏せた。月光に浮かび上がる白い頬を、光太郎が熱心に見つめてくる。

「俺のことが、好きだろう？　行彦……」

太ももの間に手のひらを差し込まれ、身を震わせながら年下の男を見つめ返した。

答えずに微笑んで身を寄せる。二人だけの楽しい秘密を、今夜もそっと繰り広げようと試みた光太郎の手が臀部に回った。行彦の手も、相手の股間へと伸びる。

そこで動きを止めた。

小動物のように耳をそばだてて、物音を聞く。遠く鳴り物が聞こえ始めた。

期末試験前を口実にした景気づけのストームだ。光太郎が舌打ちをして立ち上がる。木戸につっかえ棒をしようとして動きを止めた。

「たまにはいいか。羽目をはずしてみるのも……」

「硝子の一枚や二枚割っても、あなたとわからなければ」

髪を掻き上げた行彦はつっかえ棒を受け取り、部屋の隅へ戻す。光太郎はもう廊下へ出て、緒方と山下の部屋の戸を叩いていた。

「嫌だよ、僕は」

しかめ面の緒方が、光太郎の後ろに立っている行彦に気づいて目を丸くする。

「まさか、参加するつもりか。まいったな。……山下ッ！　馬鹿騒ぎだ！」

笑いながら部屋の中に向かって声を掛けた。出てきた山下も、行彦を見て驚く。目をしばたたかせ、にやりと笑った。

「……いいんじゃないか。やろう」

浴衣の袖をまくり上げながら廊下へ出てくる。

「さてと、どこで合流できるだろうか」

光太郎の肘が、行彦の肩に乗る。胸の前で腕を組んだ行彦は、窓の向こうを見た。

感じたことのない高揚感が湧き上がり、自分がいま、かけがえのないモラトリアムのただ中にいるのだと実感する。

いつかは終わる時間だ。そうとわかっていて情熱を燃やし、未来へ向かって走りだすための思案を繰り返す。

「飯田も迎えに行ってやらないと」

緒方が言い、それもそうだと揃って歩きだす。

「山下はいつ、なんでも屋に入るんだ」

光太郎と肩を組んだ行彦が視線を向けると、山下はひょいと肩をすくめた。

「秀才のおまえらと一緒にされたら、たまらん。俺はこれ以上、成績を下げられない」

「何とかなるものだよ」

行彦は笑って答えた。階段を下りて、飯田の部屋がある寮舎へ向かう。

どこからともなく花の香りが漂い、だれからともなく「春だなぁ」と言いだし、次々に同じことをつぶやく。

春も必ず終わる。しかし季節は巡るものだ。惜しみながらも次を求めて進むしかない。

それもまた青春の意気だ。

待ちきれずに寮歌を放吟し始めた光太郎の背中に手を伸ばして、行彦はまた笑う。心から、何の迷いもなく楽しかった。

「光太郎さん」

歌っている恋人に呼びかけて、振り向くのを待たずに言う。

「いつまでも一緒にいましょう。あなたが好きです」

行彦はまっすぐ前を見ていた。光太郎に抱き寄せられ、肩をきつく掴まれる。こめかみに当たったくちびるの熱さに行彦の背筋はいっそう伸びた。

後ろに続く、緒方と山下はあきれているだろう。しかし、彼らは何も言わず、代わりに寮歌をがなりだす。かなり自棄《やけ》になった歌い方だ。

光太郎の吐息がそよ風のように耳元をかすめ、行彦は深く息を吸い込んだ。そして、屈託のない顔を向けて微笑み合う。

月はおぼろに空を染め、雪融けの水の匂いがする。

新しい春は、もう目の前だった。


【終わり】

花曇り、春の空

連れ立って公衆浴場へ出かけた帰り道。縄手通りを行き過ぎたあたりで、光太郎の肩がぶつかった。一度ならず二度、三度とぶつけられ、白シャツとズボンに学生帽をかぶった行彦は思わずよろめく。

「どうしたんですか」

同じ服装の光太郎にぐいぐい押されて、川沿いの裏道へ踏み込む。いくつかの船宿が軒を並べていたが、昼間とあって静かだ。人通りもなく、建物の影が細い道を覆っていた。

「光太郎さん、何を考えているんですか」

想像は、すでについている。咎めるように言ったが、行彦にしても、年下の男が近づくたびに落ち着かない気分だ。心臓はすでに早鐘を打っている。

春風爽やかな季節になり、校内の猫たちも騒がしい。将来を誓い合ったばかりの人間だって、浮かれてみたくなる。

「こんなところがお馴染みとは知りませんでした」

当てつけがましく言っても、光太郎はからっと笑うだけだ。

「誤解だよ。このあたりは連れ込み宿じゃない。泊まりの客が入るまでの時間貸しをしているだけだ。湯上がりにのんびり昼寝も気持ちがいいものだよ」

そう言って、一軒の船宿へ入った。年増の女がすぐに出てきて、愛想良く笑う。

「いつもの部屋は空いていますか。友人が湯あたりを起こしたので、休ませたいのですが」

「ええ、どうぞ。床のご用意を、すぐに」

そんなやり取りのあと、上がりかまちで座っているように勧められ、待つほどもなく二階へ促される。部屋へ足を踏み入れた行彦は、顔を上げた瞬間に息を飲む。

「きれいだろう？」

光太郎が自信満々の声で言うのも当然だ。明け放れた障子窓からは静かに流れる川が眺められる。そして、咲き揃ったばかりの桜の大木が、川向こうで優美に枝を伸ばしていた。空は花曇り。それがまたほのぼのとした風情だ。

「あぁ……、これは見事な」

感嘆の声を絞り出し、行彦はふらふらと畳を踏んだ。


春風に髪をさらす行彦の横顔は美しい。これを見たかったのだ。光太郎はただ一心に桜を眺める窓辺の恋人を、絵の中に閉じ込めるように、ひとつの景色として見つめた。

廊下側の襖がしっかりと閉じていることを確認して行彦へ近づく。案外ににぎやかな声が飛び交うのは、荷下ろし場が近くにあるからだろう。名前を呼ぶと、行彦は身を固くした。

「せっかく、ひとっ風呂浴びたと言うのに」

「おまえの肌を見たら……」

「催したと、そういうわけですか」

言葉のトゲに、年上の矜持がちらちらと垣間見えたが、覗き込んだ横顔は耳まで赤い。

「おまえもそうだと思ったけれど、違ったか。違わないだろう？」

問いかけながら、障子を閉じる。帽子を脱いで置き、顔を近づけた。この瞬間は、いつも緊張する。もしかして拒まれたら、と考えるからだ。

くちびるが触れて、視線が絡む。じっと見つめられた光太郎は、生唾を飲みたいような気分になった。次の言葉を任せてくるということは、身を委ねる覚悟があるという意味だ。

「行彦、最後までしたい」

そのつもりでいてくれと宣言して抱き寄せる。どこか安心したような手が、光太郎の首筋から耳元へと押し当たり、渦を巻くような情慾が芽生えた。下腹が苦しいほどに昂ぶっていく。

震えが来そうに逸る気持ちを隠し、行彦のボタンに指をかける。剥き出しになった鎖骨の艶めかしさに誘われ、たまらずにくちびるを押しつけた。

「あっ……」

行彦の声が震えるような吐息を伴い、光太郎の頭の中が真っ白になる。ぐいと体重をかけて押し倒し、乱したズボンの前立ての中へ手を入れる。

「そん、な……っ」

咎めるような声にさえ情慾を煽られ、陰部を包んだ褌を手荒くまさぐる。

「光太郎さん……、光太郎……っ」

肩を押され、はっと息を飲む。瞬時にくちびるを求めると、手のひらに阻まれた。

「くちづけで、ごまかさないでください」

「……悪かった」

素直に謝ると、年下であることが身に染みて心がひりつく。越すに越されぬ年の差が、こういうときほど浮き彫りになる。惚れた相手だ。手のひらで転がされてもかまわないが、男として差がつき、頼りなくふがいない、などと思われるのは避けたかった。

「そんな顔をして……」

あきれたような口調で言った行彦は目を細めた。それが得も言われぬほど、甘くうっとりとして見え、光太郎の胸の奥が鷲掴みにされる。惚れて、惚れて、たまらない。

「自分ばっかり、好きでいるような顔をしないで。……もう何度もしたのに。まだ、わからないんですか」

行彦の手が、光太郎のシャツに伸び、ボタンをはずしていく。

「私だって、あなたが欲しいんです。……我慢だって、してるんです」

声は次第に小さくなり、片手で身体を支えた行彦が起き上がる。くちびるが触れ合い、吐息になぞられた。

「あなただけなんですよ。身体に、入って欲しいと思うのは……」

「だから、さ……っ」

股間にずどんと衝撃が起きて、光太郎は眉根を引き絞った。

「好きですよ、光太郎さん。あなたが思う以上に……」

ささやいた行彦の顔に、なまめかしいはにかみが浮かぶ。

わざと下手に出てくれているのではないかと思うほど、こういったときの行彦はしおらしい。受け入れる側の恥ずかしさがあるのだと理解して、光太郎は神妙な面持ちでうなずいた。

強引に奪うようなことはせず、がっつかないように注意深く衣服を脱がしていく。行彦の手も光太郎の衣服を剥いだ。くちづけを繰り返し、逃げて、追って、布団の上にたどりつく。

互いの忍び笑いが肌に転げ、甘い空気が部屋を満たしていく。

この宿を紹介してくれたのは緒方だ。行彦と同じ部屋で眠るのがつらかった頃に昼寝をするために使っていたのだが、行彦と懇ろになったのを知り、別の使い方も教えてくれた。女将に「連れがあったときには」と耳打ちしておけば、部屋を整えてもらえるのだ。

行彦ともつれ合いながら全裸になり、互いに愛撫を交わす。どちらの息も弾み、情感がいよいよ募ってから、光太郎は目的の場所に指を這わせた。うずくまった行彦の形いい臀部の中心部へ唾液を運び、ゆっくりと開いていく。

早く繋がりたいと欲する気持ちより、行彦を傷つけたくないと思う気持ちが勝った。まずは一本、それが馴染めば二本に増やす。指が粘膜の熱さを感じると、愛撫を施している光太郎の息も乱れてしまう。行彦は息をひそめ、快楽の声をこらえる。その慎ましさが光太郎を煽ると は考えもしないだろう。もちろん、嬌声であっても煽られる。どちらにしても、行彦の言動で あれば、すべてが愛おしい。

唾液が行き渡り、粘膜がとろけたようになれば、行彦の肌もしっとりと汗ばむ。足の間にあ るふぐりがしきりと動き、男根は強く屹立している。触ってやりたかったが、射精後は性交の 気が削がれる。知っているから後へ回し、水差しの乗った盆へ手を伸ばした。

「……やっぱり、連れ込みじゃないですか」

見逃さなかった行彦が不満げな声を出す。光太郎が口に含んだのは紙状の通和散《つうわさん》だ。トロロ アオイの根を粉にしたものが吸着した和紙で、唾液で溶かして使う。

「違うから」

ほかに答えが見つからず、光太郎はそっけなく言った。溶けた通和散を指に取り、行彦の中 心部と自身の屹立に塗りつける。唾液よりも長く潤うので、光太郎もつらくならずに済むはず だ。そしてなにより、ほんのわずかに興奮作用があるのではないかと、期待している。

いつもよりも乱れた行彦が見たい。それは光太郎の男性的な望みだ。

「……抱くよ」

できる限り冷静な声色で宣言をして、先端をあてがう。行彦の背中がこわばるのを見ると、 欲望に捕らわれそうになっていた光太郎はまた我に返る。欲望のままに抱けば大惨事だ。そんなことは絶対に望まない。

苦痛を感じさせず、できることなら快感だけで繋がりたいと願いながら、腰を進めていく。

先端がすぼまりを突き、不安になるほど窮屈な肉環へ押し込む。

もしも、痛みが先走り、ここまでと拒まれたら……。そう考えると、行きつ戻りつを繰り返す腰使いもいっそう慎重になる。

「あぁ……」

枕に額ずく行彦が息を漏らした。

「じらさ……ないで……」

腰がゆるやかに揺れ、先端がぬるりと飲み込まれる。

「んっ……」

いきなり熱い粘膜に包まれ、光太郎はたまらずに息を飲んだ。同時に行彦の腰を掴む。それが思うよりも強くなり、行彦が上半身を持ちあげるようにのけぞった。白い背中がしなり、薄暗い部屋に淫靡さが募る。

腰を引き寄せ、入るところまで差し込む。行彦の喘ぎが上擦り、吐き出す息が震えた。

感じていることは明白だ。光太郎を包んだ粘膜は不思議な肉襞となって絡みついてくる。

行彦よりも素直で、行彦よりも貪欲な場所は、もっともっと欲しいと言いたげによがり、光太郎をキュウキュウ締めつける。そのきつさに耐えかねて腰を引き、また押し込む。

「あぁ、あっ、あぁ……っ」

抜き差しに合わせて漏れ出る声は小さい。けれど、確かに快感の声だ。

光太郎は興に乗り、いっそう激しく腰を使った。ときにゆるやかに、ときに奥へ。引き抜き、緩急を心がける。自分の動きに合わせて乱れる行彦の声はやがて、甘く尾を引く泣き声に似た。

「あ、あっ……んっ……ぁ」

「……すごく、熱い。……あぁ……」

光太郎も感嘆の声を漏らした。腰を振り立て、汗を流す。

ふいに、行彦が後ろ手に腕を伸ばしてきた。

「もう少し、ゆっくり、して……」

腰を掴む指を押さえられ、行彦の中に収めたものが跳ねた。質量が増し、行彦は泣き伏せるように倒れ込む。その身体を支えながら反転させ、今度は表から重なった。一度繋がれば、正常位も許される。

見た目よりもずっしりとした男の腰を膝に抱き、行彦の男性部分が萎えていることに気づいた。小さくはなっていないが、指で慣らしていたときほどの硬度はない。

「……痛かったのか」

手で掴みながら身を寄せると、腕で顔を隠した行彦はむずがるように首を振った。

「光太郎さんを、感じると、そっちに気がいくんです……。あぁ……もう、これ以上は、大きくしないで」

身体を押し返そうとする手を掴み、顔を隠した腕も掴み、それぞれを敷布の上に押さえつける。近づくと、腰がまたぐっと深みへ入っていく。

顔をしかめた行彦は苦しげに見えた。けれど、光太郎を受け入れた場所と、潤んだ瞳は本心を告げている。快楽に溺れていく行彦は美しい。恥ずかしがり、慎みを見せながら、自分の意思で欲望を満たしていく。光太郎に流されているのではなかった。

「あとでたっぷりしてやるから。先に……いいか」

もう我慢ができず、光太郎はまっすぐに恋人を見つめる。

「おまえの中で果てたい。もう、凄いんだ……狭くて……動かないと、苦しい」

言いながら、押さえつけていた両手を肩へ促す。行彦は何も答えずに視線を横へ逃がした。だから、くちづけをする。本当はして欲しがっていることを知っているからだ。

「行彦……、行彦……」

くちびるを触れさせたままで呼びかけて胸を合わせる。行彦の腰はおのずと浮き上がり、小刻みに震え出す。

「おまえも気持ちがいいなら、なお良しだ……」

「あ、あっ……あぁ……っ」

光太郎の動きに翻弄されていく行彦の目から、涙がこぼれる。

「あぁ、だめ……。だめ……」

身体の震えは少しずつ大きくなり、首と背中に回った手が、助けを求めるようにしがみついてくる。いまにも達してしまいそうな光太郎は奥歯をぐっと噛みしめて腰を使った。

「あぁ、いい……っ」

行彦の身体がガクンと揺れて、いままでに味わったことのない締めつけの波が光太郎を包んだ。ひとたまりもなく搾り取られる。しかし、気をやった行彦は気づくことなく、身体中から汗を迸らせて身悶えた。行彦の肌は赤みを帯びた桜の花びらのようだ。部屋の中に春が満ちる。

「行彦……っ」

「もう……っ、動か、ないっ、で……っ」

無理だと断る余裕もない。光太郎の屹立は熱を取り戻し、放ったばかりの精液のおかげでいっそうなめらかに動き出す。

「あっ、あっ」

覗き込んだ行彦の瞳は、理性と快楽の狭間で揺れ、いっそう美しく、いっそう愛おしい。

激しく腰を使いながら、光太郎はできる限り優しい仕草でくちびるを吸った。


【終わり】

あとがき

こんにちは。高月紅葉です。

今回のテーマは、念願の旧制高校。感無量です。ありがとうございます。各種特殊設定との抱き合わせなく書かせていただけたことが嬉しい反面、難しくもありました。ちなみに、作中は大正前期をイメージしていますので、本来なら地名を冠したネームスクールは存在しません。同時に、松川高等学校という校名も創作です。

パブリックスクール同様に、実際の旧制高校そのものを描くというよりは、概念としての旧制高校（大正期）を目指しました。学生語も最小限に、風習も馴染みよいものを織り交ぜたつもりです。これを機会にして、旧制高校萌えに目覚める読者が増えますように……。

あと、松本と言えば登山なんですが……。時代が昭和期なら、山で遭難して互いを温めるラブロマンスが書けたのにな……と思います。これはまた別の機会に書けますように！

最後になりましたが、この本の出版に関わった方々と、読んでくださったあなたに、心からのお礼を申し上げます。また次もお目にかかれますように。

高月紅葉